Sexy Snowy Christmas

Titre original :
Sexy Snowy Christmas

Ce livre est une oeuvre de fiction. Les noms, les personnages, les lieux et les événements sont le fruit de l'imagination de l'auteur ou utilisés fictivement, et toute ressemblance avec des personnes réelles, vivantes ou mortes, des événements ou des lieux serait pure coïncidence.

Le Code de la propriété intellectuelle n'autorisant, aux termes de l'article L. 122-5, 2° et 3° a, d'une part, que les "copies ou reproductions strictement réservées à l'usage privé du copiste et non destinées à une utilisation collective" et, d'autre part, que les analyses et les courtes citations dans un but d'exemple et d'illustration, "toute représentation ou reproduction intégrale ou partielle faite sans le consentement de l'auteur ou de ses ayants droit ou ayants cause est illicite" (art. L. 122-4).
Cette représentation ou reproduction, par quelque procédé que ce soit, constituerait donc une contrefaçon, sanctionnée par les articles L. 335-2 et suivants du Code de la propriété intellectuelle.

© Julia S. Grant 2023. Tous droits réservés.
© Explorama 2023. Tous droits réservés.

Dépôt légal Novembre 2023
ISBN : 979-8-864-52897-6

JULIA S. GRANT

Sexy Snowy Christmas

Collaboration littéraire Joy Fridom

OZEANOA

À mon mari, Nicolas

1
IZZIE

J-24 avant Noël / 1ᵉʳ décembre

> — *Bye and thank you again for shopping at Selfridges**, j'articule pour la millième fois de la journée dans un sourire artificiel qui dévoile toutes mes dents.

Si je répète encore une fois cette phrase aujourd'hui, je vais devenir complètement marteau !
Comme d'habitude, mes collègues ne prêtent aucune attention à moi, même si elles m'ont très bien entendue râler. Peu importe, c'est l'heure, et de toute façon, je me fiche pas mal de ce qu'elles peuvent bien penser. Je crois que j'ai eu ma dose pour la journée.
Je me dirige le plus rapidement possible vers les vestiaires, slalomant entre les rayons pour éviter Croughton, mon patron, qui porte bien son nom, ce vieux crouton.

Une fois mon uniforme rose malabar suspendu dans mon casier, le registre de présence et de départ signé, je file afin d'être au plus vite dehors pour respirer… Enfin, respirer…
La grande pollution, quoi, on est tout de même sur Oxford Street, pas en pleine nature, malheureusement.

---

* *Bye and thank you again for shopping at Selfridges : Au Revoir, et merci encore d'avoir fait vos achats chez Selfridges.*

J'inspire malgré tout un grand bol de vent glacial qui m'anesthésie le cerveau. Parfait !
Mon téléphone me sort de mon statut de glaçon en devenir, en sonnant plusieurs fois de suite.

> — Helloooo, *my christmas darling* ! On y est : décembre, ton mois préféré ! s'extasie ma meilleure amie.

Malgré l'enthousiasme qui résonne à mon oreille, je reste silencieuse.

> — Izzie, mon chou, t'es là ? demande la voix à l'autre bout.

Face à sa gentillesse qui contraste totalement avec ma journée pourrie, je me mets à pleurnicher. Une larmichette s'écrase sur mon téléphone, calé entre ma joue et mon bonnet de Noël à pompon. Et c'est bientôt les chutes du Niagara qui se déversent sur le trottoir en ce premier vendredi du mois.

> — Mince, qu'est ce qui se passe ? Respire et calme-toi, me dit Alma d'une voix douce.
> — J'en peux plus ! Une espèce de vieille peau m'a de nouveau hurlé dessus en me traitant d'incapable. Cette idiote a fait tout un scandale quand j'ai un peu dérapé en lui appliquant de l'eyeliner. Résultat, « Crouton » m'a mis un nouvel avertissement en insistant bien sur le fait que la prochaine fois ce serait la porte.
> — Plaque ce job, bordel ! Tu détestes ce que tu fais, c'est pas nouveau et pas franchement

l'objectif de ta *life* de faire carrière là-bas. T'as besoin de payer ton loyer ? Ok, comme tout le monde. Mais vendre du *make-up* à des Londoniennes de la *upper class*, c'est tellement pas toi.

— Et en plus de tout ça, je poursuis sans l'écouter, avec les nouvelles consignes de la direction, je suis obligée de me coller tous les jours une tartine de peinture sur le visage. C'est *so fashion,* comme disent les Barbies influenceuses liftées qui me servent de collègues. Horrible, oui ! Si seulement je pouvais arrêter et leur claquer le beignet une bonne fois pour toutes à celles-là, je te jure. Je n'ai plus envie de subir les frustrations de toutes ces clientes. Mais j'ai pas le choix, tout coûte tellement trois bras dans cette ville. Ma seule consolation, c'est que nous ne soyons pas loin, toi et moi. Sans ça, je serais déjà partie, je crois. Tu es la seule raison qui me fait rester ici, dis-je en esquissant un sourire entre deux gros soupirs.

— Dis donc, *drama queen*, tu ne crois pas que t'exagères un peu, là ? me secoue Alma. Oui, je sais que tu m'as suivie depuis Paris, je ne te remercierai jamais assez et j'adore qu'on soit dans la même capitale, mais nous savons très bien toi et moi pourquoi tu t'entêtes à vivre à Londres encore aujourd'hui. Ça n'a rien à voir avec moi, et tu le sais très bien, me répond-elle d'un air moqueur. Bon, et sinon comment va ta belle plume, cette semaine ? Ta romance, ça avance ?

— …

— Ok, j'ai rien dit.

Ça part d'une bonne intention, je le sais, mais ça ne fait qu'appuyer le fait que je sois perdue et face à une impasse, et à tous les niveaux en plus. Pro et perso.
Écrire c'est ma passion depuis toujours et je m'étais donné comme but de finir mon premier roman avant mes vingt-cinq ans… Le problème c'est que le temps passe trop vite, que je n'ai plus d'inspiration, et que les vingt-cinq ans sont dépassés depuis longtemps. J'ai vingt-neuf ans, je n'écris plus et j'en parle encore moins, tellement ça me dépite.
Devant mon absence de réaction, Alma essaie de se rattraper. Elle sait qu'elle vient de taper juste, trop juste peut-être…

— Allez, ça va s'arranger, j'en suis sûre, une bonne nuit de sommeil et ça repart, comme on dit… ça ira mieux demain.

— Oui, sûrement… merci d'être là et d'avoir toujours les mots qu'il faut, même si ce n'est pas toujours facile à entendre dis-je avec un léger sourire.

— Je sais, ma chérie. Ça sert à ça les BFF*

Depuis les bancs du lycée Flaubert à Paris, où nous nous sommes rencontrées en septembre 2008, on ne s'est plus jamais quittées. Notre bac en poche, chacune a tenté de suivre ses rêves. De mon côté,

---

* BFF : *Best Friend Forever*

c'était évident depuis toute petite, ayant toujours adoré la lecture et l'écriture, je me suis tournée vers des études littéraires.

Alma, elle, a toujours fantasmé sur le cinéma, et s'est donc baladée de stage en stage sur les plateaux de tournage.

Quand, à vingt-trois ans, elle a eu l'opportunité de travailler pour une grosse agence de casting londonienne, comme on s'était juré de rester ensemble à la vie, à la mort, et que l'exotisme anglais m'attirait – quelle grosse blague – je l'ai suivie sans réfléchir.

J'ai dégoté un boulot de jeune fille au pair, en pensant que j'aurais le temps d'écrire mon roman, mais j'ai vite déchanté. Ce n'était qu'un doux rêve. Il aurait fallu beaucoup de travail, et surtout un max de temps.

Pendant quatre ans, pas une ligne. Et quand Kate et Megan, les adorables têtes blondes sous ma responsabilité n'ont plus eu besoin de moi, j'ai dû leur dire au revoir, trouver un logement et un nouveau travail. Retour à la case départ.

Tout cela n'étant pas une mince affaire dans une grande mégapole comme Londres. J'ai d'abord enchaîné les petits boulots. Pour finalement atterrir dans cette grande enseigne à ce poste de vendeuse en cosmétique – allez savoir comment –.

Deux ans déjà !! Quand j'y pense, ça me fiche la nausée, je dois dire.
Welcome to my life !

Et comme si ce n'était pas assez, ma vie amoureuse sombre comme le Titanic, en perdition et en train de couler sans que je ne puisse y faire quoi que ce soit.
Mon Leonardo ? Le portrait idéal du pervers narcissique : Lawrence !

Pourquoi je m'accroche à ce type qui ne m'aime pas ? Je ne le sais pas moi-même.
> — Ouh là là, j'avais pas vu l'heure. Désolée, je vais devoir te laisser, l'avant-première du film va commencer sans moi sinon. Je me mets en mode avion. Ça va aller ?
> — Oui, t'inquiète, j'ai craqué, mais ça va mieux. Je vais rentrer tranquillement, dis-je, tâchant de me convaincre en m'engouffrant dans le *subway* archi-blindé à cette heure-ci.

Ô joie ! Encore quelque chose dont j'ai horreur dans cette ville.

> — T'as raison, rentre au chaud, ça caille de plus en plus, glagla !

J'entends mon amie simuler des frissons à travers le téléphone, et ça me fait rire.
> — Bonne projo, mon chou, moi je vais me mettre en mode *princess cocooning*, m'offrir un repas à emporter, et me regarder une bonne comédie romantique sous mon plaid : mon

programme préféré de toute la vie. Ça me fera du bien. Je n'ai de toute façon aucune nouvelle de Lawrence, alors…

— Arrête d'attendre ce mec, *for God's sake* ! Franchement, tu vaux tellement mieux. Mais bon, j'ai dit que je ne m'en mêlais plus. Allez, je file. Ton programme du soir est parfait. Bisous.

— *Love you !*

— *Love you too.*

Alma parvient toujours à me sortir de mes complaintes. Nous nous comprenons à demi-mot, et sommes présentes l'une pour l'autre, sans faillir, depuis notre entrée en seconde où nous nous sommes retrouvées assises côte à côte, elle la blonde pulpeuse et moi la brunette délicate.

Billo ! Bildman ! un peu de silence, s'il vous plaît !

Avec ce souvenir qui me fait sourire, je me branche sur la musique de mon téléphone pour me couper de la foule qui se presse dans la rame de métro. J'ajuste les nouveaux Airpods que mes parents m'ont envoyé d'avance en cadeau de Noël. Pour se rattraper de leur absence pendant les fêtes, j'imagine. Ces lâcheurs ont décidé de partir en Thaïlande s'offrir deux mois de farniente. Les fêtes sont une tradition familiale tellement importante pour moi et ça me rend un peu triste qu'on ne soit pas tous ensemble. Mais bon, c'est la vie.

Adossée à la porte arrière – hors de question que je pose un doigt sur quoi que ce soit du métro – je songe, à ma meilleure amie et à sa vie épanouissante, pleine de rebondissements et de rencontres.
La mienne à côté : *Oh my God ! Boring !* Quel ennui.
Ah, si seulement mon existence ressemblait à celle des héroïnes de films de Noël ! Le rêve ! Mais ici, pas d'Aspen, pas de neige, pas de jolis traîneaux tirés par des Huskies, pas de chalet, pas d'amoureux transi…
Seulement la grisaille du *fog* londonien, et une espèce de pluie collante dégoûtante. La réalité !

Les notes de musique résonnent dans mes tympans et finissent par me faire oublier l'endroit où je me trouve. Et ça vaut mieux parce que j'en ai pour quarante cinq minutes de métro. C'est l'un des meilleurs remèdes que je connaisse pour me mettre du baume au cœur. En fait, je crois que j'ai compris, c'est lui mon prince charmant : Michael Bublé et sa voix enjôleuse.
Let it snow, let it snow, let it snow *… Je ressens, malgré tout, les premiers effets de la magie de Noël…

---

* *Let it snow, titre de Michael Bublé*

2
IZZIE

1er décembre

 L'enseigne lumineuse du *Happy Dumplings* m'accueille enfin. Ce soir, petit plaisir bien mérité, je commande une de leurs spécialités, une bonne soupe Phô.
Since we've no place to go*, Michael Bublé et moi attendons notre plat en swinguant. Mon regard se perd dans la rue et s'arrête sur la façade du lieu que je préfère dans le quartier, le BSCH, le : *Book Shop Coffee House*. J'adore m'y réfugier pour lire. Il me rappelle avec nostalgie le café de June, ma grand-mère adorée, là-bas dans les montagnes.

Ma commande récupérée, je passe devant la vitrine du BSCH. Les décorations sont enfin accrochées. Je regarde le sapin et les boules dorées et rouges enroulées dans les petites guirlandes lumineuses qui ornent la baie vitrée. À l'intérieur, un feu accueillant crépite dans la cheminée, éclairant de sa chaude lumière des couples heureux. Ils me donnent désespérément envie de vivre la même chose. Je presse le pas. Hâte de me pelotonner sous un gros plaid devant une romance de Noël. Ces films sont un vrai cocon pour moi et une bouffée d'oxygène qui me

**Paroles de Let it snow* de Michael Bublé

font rêver et m'emmènent loin, très loin d'ici. Effet bonheur assuré. Bien que, j'ai tout de même l'impression d'être la parfaite spectatrice du film de Noël, sans avoir jamais le droit de jouer le rôle principal.

Note pour moi-même : il est vraiment temps que ça change !

Depuis toute petite, je voue une véritable passion pour cette période de l'année. Quoi qu'il arrive, je fête chaque 24 décembre dans mon village alpin natal. C'est toujours un grand moment de joie. Mais cette année ce ne sera malheureusement pas le cas. D'une part, mes parents sont en vacances, et d'autre part étant la seule employée célibataire et sans enfant, mon charmant patron ne m'a pas laissé le choix et m'a désignée responsable du magasin, justement la veille de Noël. Personne chez moi, à Montriond, n'est encore au courant. Et je sais déjà que ça va être dur pour ma grand-mère et mes plus vieux amis. Et en prime, je risque de me retrouver seule comme une idiote pour le réveillon. Alma sera à Paris dans sa famille ; Lawrence, tel que je le connais, doit s'en moquer comme de sa première chaussette.

Le jour où je suis tombée amoureuse de lui, j'aurais mieux fait de glisser sur une plaque de verglas et de me casser une jambe… voire les deux. C'est le genre de mec qui disparaît pendant des jours sans se soucier du reste, et qui réapparaît tout d'un coup.

Et moi, comme une cruche, je réponds toujours présente, évidemment. Il met mon cœur en miettes, et j'accepte tout. Alma répète sans cesse la même chose : il t'appelle, tu accours, il te jette, tu pleures, il revient et tu y retournes ! Dégage-nous ce type une bonne fois pour toutes.

C'est l'éternel et seul désaccord que nous avons, elle et moi, depuis un an. Mais, au fond, je sais très bien qu'elle a raison : je gâche ma vie pour lui. Et pourtant, je ne me résous pas à arrêter cette relation toxique. Qu'est-ce qui ne tourne pas rond dans ma tête ?

Un crissement de pneus m'arrache à mes pensées tandis qu'une vague de boue neigeuse m'asperge de haut en bas.
    — Ça va pas, non !?

Le conducteur de la voiture de sport (qui doit coûter une blinde) baisse sa vitre en me mitraillant du regard.
    — Va te faire foutre, vieux bonnet !

Il redémarre aussitôt en m'adressant un doigt d'honneur.

Vieux bonnet ? Moi ??? Vieux bonnet toi-même, espèce de connard ! je crie, mais uniquement dans ma tête.

Au même instant, *It's the most wonderful time of the year** se lance tout seul dans mes écouteurs. Le timing ne pouvait pas être plus parfait ! Je suis toute dégueu maintenant, manquait plus que ça. J'en ai jusqu'au front, mes *Uggs* sont trempées, le tote-bag qui protège mon repas dégouline. Je suis dégoutée !

Mes larmes ne sont de nouveau plus très loin. Le sort s'acharne, ce n'est pas possible autrement. Je coupe la musique de mon téléphone. À ce stade, même Michael Bublé ne m'est plus d'aucune aide.

À mesure que je me rapproche de chez moi, les rues sont de plus en plus sombres et désertes. Un petit vent de panique m'emporte. J'accélère le pas. Cela ferait rire Sam, mon ami d'enfance qui me traite toujours de poulette mouillée en imitant le volatile lorsque je lui raconte mes frayeurs dans le métro et les rues de Londres. Je lui écris direct un sms.

IZZIE : Bisous de ta poulette un peu bof ce soir. Love. Iz.

J'aperçois enfin le bow-window de ma chambre. C'est une des rares choses positives de ma colocation.

Ce petit renfoncement dans la fenêtre où j'adore me lover avec mes coussins tout doux. Je remarque, soulagée, que tout est éteint, ça signifie que mon horrible coloc n'est pas là ce soir, ouf !

---

*titre d'une chanson de Andy Williams

BIP. Réponse immédiate de Sam.

> **SAM : Ma poulette, courage, tu es bien plus forte que tu ne le crois. Ici, c'est complet, je cours dans tous les sens. Une équipe de tournage a réservé l'hôtel tout entier pour une longue durée. C'est top. Le réalisateur est très sympa d'ailleurs, viens vite oublier cet abruti de Lawrence dans les bras de ce mec beau comme un dieu avant que je ne te le pique. Ah ah ah ! ramène tes fesses ! On s'appelle demain. Tu me manques.**

Il parvient toujours à me faire sourire.

Je grimpe les deux étages de la bâtisse victorienne. Et reprends mon souffle. Pourvu que Val ne soit vraiment pas là…

Ma colocataire et moi, on ne s'entend pas du tout. Sa vie se résume aux réseaux sociaux, ses *followers,* comme elle dit, les mecs et les soirées tendances.

Je dois tout de même lui accorder qu'elle est la seule il y a deux ans à ne pas m'avoir demandé un dossier en béton armé pour sous-louer la chambre que j'occupe actuellement. J'ai pu m'installer vite, pour un prix abordable, et à seulement trois quart d'heure de mon lieu de travail. À l'époque, ça m'a retiré une belle épine du pied. Ce n'est clairement pas ce dont je rêve. Mais, pour l'instant je n'ai ni l'argent, ni le temps de chercher autre chose.

Alors, c'est comme pour tout, je reste, faute de mieux.

Je tourne la clef, et j'entre.

J'ai à peine ouvert la porte que je me prends les pieds dans quelque chose. Qu'est-ce que... Le moule-bite d'un mec qui traîne sur le sol ?? Sérieusement ? Elle n'est pas encore en train de... Des petits gémissements me confirment que si. Je tombe, encore une fois, au meilleur moment. *C'est vraiment le festival du cauchemar, aujourd'hui.*

J'allume la lumière et reste interdite devant le spectacle de rodéo : Val, en tenue d'Eve, est à califourchon sur un mec bodybuildé.
Interrompue dans ses efforts de *cow-girl*, ma coloc relève la tête, ses cheveux dans tous les sens en hurlant dans ma direction.
— Merde, Isabelle, je t'avais prévenu qu'on passait la soirée ici.

Personne ne m'appelle jamais par ce prénom que je déteste. Je ne me retourne d'ailleurs pas lorsque quelqu'un s'aventure à le prononcer
— Euh, oui, pardon, j'ai complètement zappé, je réponds prise de court, des trémolos dans la voix.
— T'es vraiment chiante, tu m'as gâché mon orgasme.

C'est la goutte qui fait déborder le vase.

— Je paie un loyer, tu sais ! J'ai autant le droit que toi d'être ici. Je suis frigorifiée. Je me sens sale. Il faut que je me lave et que je me change, et puis, merde, je m'appelle Izzie une bonne fois pour toutes !

Incroyable ! Ces mots sont sortis de ma bouche !
J'ai enfin pu exprimer ce que je ressens vraiment et rabattre le caquet à ma nymphomane de colocataire. Danse de la joie intérieure.

— Ouh là là ! Madame a de la répartie maintenant, ça c'est une première ! répond Val en enfilant sa robe sans culotte. Tu es vraiment pénible comme coloc, IZZIIIE !

Elle rassemble le reste de ses affaires, et hurle en direction de son *sex friend*.

— Allez, rhabille-toi Tomas, on continue chez toi.

Le Tomas en question, un grand rouquin genre top model écervelé, se redresse, nu comme un ver …juste affublé de MON serre-tête renne du Père Noël ! *What the fuck ?!!*
Ignorant complètement ma présence, il vient récupérer ses affaires à mes pieds.

— Val, tu ne m'avais pas dit que ta coloc était si mignonne.

Il me mate, et avec une voix aguicheuse :

— Si tu veux, après ta douche, tu peux nous rejoindre chez moi. Quand il y en a pour deux…

— Arrête tes conneries, lui crie Val.

À la forte odeur d'alcool qui se dégage de sa bouche, je comprends que Tomas est déjà bien entamé. En prime, il me fait un clin d'œil significatif. Beurk, ils me débectent tous les deux.

— Allez, bouge de là Tom, si tu ne veux pas finir par te branler tout seul chez toi.

Comme c'est élégant, quelle poétesse cette meuf.

— Et toi, j'imagine que tu vas passer toute la soirée à attendre que ton beau brun ténébreux invisible daigne t'appeler, me crache-t-elle. Un vendredi comme les autres, en somme, conclut-elle sur ce ton sarcastique que je ne supporte plus.

Tous deux enfin rhabillés, ils se dirigent vers la porte. Val m'adresse un regard noir en me bousculant d'un coup d'épaule. Tomas suit le pas, il se permet une dernière remarque :

— Avec un nom comme « Izzie » tu dois être une fille facile, hein ! Easy Izzie !! Je me suis peut-être trompé de coloc, en fait, *damn it* ! On peut encore s'amuser toi et moi, tu sais.

Val, au bord de l'explosion, claque la porte.

Je hausse les sourcils, abasourdie.

Encore un gros con ! Cette scène n'est pas une nouveauté. J'ai dû la surprendre une dizaine de fois dans une telle situation. Mais je ne m'y ferai jamais.

Une demi-heure plus tard, mes affaires sont dans la machine à laver, j'ai pris une bonne douche chaude qui m'a soulagée, rangé leurs cadavres de bières trainant par terre et remis les coussins sur le canapé. L'appartement est à nouveau comme je l'aime : en ordre et silencieux. Une dernière chose me préoccupe. J'attrape mon téléphone et me décide à annoncer la nouvelle à Sam :

IZZIE : Génial pour l'hôtel, tu le mérites ! *Miss you too.* **Malheureusement,** *bad news,* **je bosse de nouveau à Noël. Mais cette année, je n'ai même pas un rond pour venir après. Je t'entends d'ici : avalanche de déception par chez nous. Je suis désolée et déçue moi aussi, tu imagines bien. Bonne nuit. Love. Iz.**

Tous les événements pourris de cette journée étant maintenant derrière moi, je vais peut-être enfin pouvoir profiter de ma soirée.

Rien ne peut gâcher une soirée plaid et film de Noël ! Emmitouflée dans mon pyjama en pilou à carreaux rouges et verts, je suis maintenant confortablement installée sur le canapé. Un plateau en bois est posé sur la table basse du salon avec un gros bol où fume la soupe Phô que j'ai réchauffée. J'allume une petite bougie senteur pain d'épice, tamise la lumière, démarre la télé et mon lecteur DVD.

Et c'est enfin parti pour *Love actually* et le merveilleux déhanché de Hugh Grant qui me fait craquer. Un sourire ravi s'accroche à mon visage pendant une heure quarante cinq.

Qui dit comédie romantique dit que je vais finir en larmes. Ce soir non plus je ne déroge pas à la règle et renifle en me mouchant comme une trompette.
Moi aussi je veux vivre une histoire d'amour, avec un grand A, et que le prince charmant sonne à ma porte.
Mais bon, je crois que ce n'est pas du tout prévu au programme d'aujourd'hui, ni de demain d'ailleurs. Il faut vraiment que je me fasse à l'idée que cela n'arrive que dans les films et dans les nombreuses romances que je lis, mais pas celles que je n'arrive pas à écrire, malheureusement. Fichu constat de la page blanche !
Et ce crétin de Lawrence qui ne donne pas signe de vie depuis des jours. Insupportable !
La sonnerie de mon téléphone me fait sursauter.

Ah bah, tiens, quand on parle du loup, enfin !!!

Je vois le nom qui s'affiche et ressens une légère déception. Bien sûr que ce n'est pas lui. Je m'attendais à quoi ? Je me ressaisis aussitôt.
    — Coucou mamie, il est super tard, tu fais une nocturne ou quoi ?
    — Allô…Izzie ? me répond une voix masculine que je ne reconnais pas.

3
AIDAN

1er décembre

Cela fait maintenant une semaine que j'ai posé mes valises à Montriond et, franchement, c'est le genre de village de montagne où on a envie de rester. Ici, je me suis tout de suite senti apaisé.
Pendant les repérages de mon documentaire, j'ai eu un véritable coup de cœur pour ce lieu magique. Un écrin de beauté au milieu d'une forêt majestueuse qui surplombe un grand lac. On peut difficilement faire mieux comme décor de film.

Le cinéma c'est toute ma vie. Enfant, chez moi à Inverness, je prenais déjà la petite caméra de mon père pour filmer tout ce que je voyais autour de moi. Et, après mes études cinématographiques je suis devenu naturellement réalisateur, au grand dam de mes parents qui imaginaient leur fils unique avocat, bien sûr. Un vrai travail, comme me l'a rappelé ma mère pendant longtemps.
Depuis une dizaine d'années, je réalise des documentaires. J'essaye de faire découvrir au public la beauté du monde autant que la fragilité de notre environnement naturel.
Ici, nous allons tenter de pénétrer les secrets de cette région de Haute-Savoie. Le premier de cette série sur

les montagnes, tourné dans les Highlands d'où je viens, a rencontré son public. Si bien qu'une maison de production française s'est associée à mon producteur écossais pour les suivants, d'où ma présence à Montriond.

Le brasero de la terrasse est allumé. J'ai réussi à faire une belle flambée dès mon réveil. La température avoisine zéro, mais avec une couverture sur les épaules et un bon café fumant c'est tout de même agréable. En prime, le soleil du matin qui pointe m'offre un spectacle de toute beauté.
Je vérifie les modifications du plan de travail et les détails de prise de vue pour demain que James, mon assistant, a préparés. Aujourd'hui, on ne tourne pas, et je peux profiter de la nature magnifique qui m'entoure. Pour les semaines à venir, ce sera la vue que j'aurai au saut du lit.

Depuis mon arrivée, je vis aux *Chalets sous les flocons*. Cet hôtel original se compose d'une grande maison principale sur la place du village, et de plusieurs chalets individuels, comme le mien, éparpillés dans la forêt. Sur ce coup, Andrew, mon régisseur, s'est vraiment surpassé quant au choix de notre lieu de résidence pour le temps du tournage. Tout le confort est réuni pour travailler dans les meilleures conditions possibles. J'ai même un jacuzzi privé face à la vue exceptionnelle. Bon, je n'ai pas encore eu l'occasion de le tester, en même temps, tout

seul c'est beaucoup moins drôle, comme diraient mes potes.
Quand on parle des loups, y'a justement mon meilleur ami qui m'appelle via Skype.

> — Hi Matt, t'es tombé du lit ?
> — Hey Aidan ! J'y suis même pas encore, figure-toi ! J'ai fait une nuit blanche pour plancher sur les dessins de ton affiche, je voulais te montrer, dit-il, tout excité en me dévoilant son travail.

Ses cheveux ébouriffés et sa tête chiffonnée me confirment en effet son manque de sommeil.

> — Matt, t'es fou ! Mais c'est superbe, bravo.
> — Cool, content que ça te plaise. J'ai carburé au café, et comme l'inspiration était là... Et toi, *what's up* ? Tout glisse, *man* ?

Je tourne mon écran pour lui faire profiter de la vue à 360 degrés. Le chant mélodieux d'un *bec croisé des sapins* – oiseau rare des montagnes – vient parfaire de ses trilles le tableau.

> — Waouh, tu me régales, là ! Quel kiff ! Il y a même la bande son. Je sens que tu vas encore nous pondre un chef d'œuvre, toi. Bientôt l'Oscar, mon pote !

J'adore la pondération de mon ami.

> — Ici, tout m'inspire. En plus, l'équipe est top, super pro. On bosse bien. Bref, le bonheur, quoi !
> — Je suis super content pour toi, *man*, même si tu nous manques à Inverness.

— À peine rentré, le 23 décembre, je vous rejoins au pub de Jamie pour boire une bonne pinte.

— J'y compte bien, t'as intérêt à ne pas nous faire faux bond. Tout le monde t'attend. Et avec ta... productrice, t'en es où ?

— *No comment.*

— On se demande vraiment ce qui t'a pris de te lancer dans une relation avec cette nana, franchement !

— Ce n'est PAS une relation, Matt, et tu le sais très bien. C'était pourtant très clair dès le début. Enfin, pour moi en tout cas. Mais je crois que le message n'est pas si bien passé de l'autre côté. Elle m'envoie des textos d'amour tous les jours, comme si de rien n'était. Ça commence à franchement me saouler.

— J'imagine. Et en plus, c'est vraiment chaud pour ton contrat avec son père. Je te l'avais dit: *No zob in job* !

— Je sais, grosse erreur. Mais qu'est-ce que tu veux que j'y fasse ? J'espère juste qu'elle ne va pas mettre en péril mon travail.

— Fais gaffe mon pote, tu sais bien que dans ce milieu, ça grouille de cinglés.

Je souris jaune. Il a raison, j'ai bien merdé sur ce coup-là.

Pour fêter la signature de ma série documentaire, il y a quelques mois, nous avons un peu trop bu, Victoria et moi. Sans surprise, nous avons fini la nuit ensemble, ronds comme des queues de pelle. Bon, jusque-là ça va, mais, le hic, c'est qu'il y a bêtement eu une autre nuit après. J'ai vite compris dans quel guêpier je m'étais fourré. Le lendemain, elle voulait déjà me passer la bague au doigt, *help warning warning* ! C'est doublement le cas de le dire : son père est le producteur, mais dans les faits, depuis qu'il prépare sa retraite, c'est ELLE ma productrice et elle me le rappelle constamment. Donc, pour la faire courte, je dois rendre des comptes à la personne que je cherche à éviter. Génial ! Quelle galère. Bref, je suis coincé.

— Ce n'est pas du tout toi, en plus. On le connaît notre Aidounet : l'ours solitaire qui attend la seule et unique qui fera chavirer son cœur !

Je secoue la tête en souriant. Matt me connaît vraiment bien. Il enchaîne :

— Ok, léger incident de parcours avec l'autre folle. Ça peut arriver. Mais, dit-il, – en levant son index pour bien ponctuer son intention à mon égard – tu vas réussir à t'en débarrasser !

— Si je comprends bien ce que tu dis en filigrane, Matt, il faudrait que je me transforme en abominable homme des neiges pour qu'elle me lâche la guirlande.

— Tu as tout compris, mec ! Parce que franchement, entre nous, Victoria est loin d'être la petite lutine du Père Noël dont tu rêves…

La chaleur du brasero n'a pas suffi. Rester immobile à parler avec mon ami m'a refroidi. Le meilleur moyen de me réchauffer : enfiler ma parka, mes chaussures de randonnée, et go ! Un petit trek improvisé dans la splendeur de la montagne et SEUL. C'est parfait. Le travail et la vie en communauté caractéristique d'un tournage, c'est génial, mais au bout d'un moment se retrouver seul avec soi-même, c'est pas mal non plus.

*

Une fois un sandwich acheté à l'épicerie du village, je passe devant l'unique remontée mécanique de la petite station. Le responsable du télésiège, depuis soixante ans m'a-t-il précisé, finit d'arranger les dernières installations lumineuses pour ce week-end.

— Bonjour, William, la forme ?
— Ce cher Aidan ! Halò, comme on dit par chez toi. Oh oui, j'ai tout ce qu'il me faut : du soleil, mes cimes enneigées, ma famille. La belle vie, me répond-il un large sourire aux lèvres. Mais dis-moi, mon garçon, tu es en train de te transformer en vrai savoyard !

Il désigne ma barbe qui n'est plus vraiment de trois jours, comme à mon habitude.

— Je fais plus couleur locale comme ça !
— Un vrai petit Père Noël. Ho Ho Ho ! Bonne balade.

Je lui adresse un signe joyeux de la main en me dirigeant vers le sentier.

Deux heures plus tard, les muscles bien chauffés par la pente raide, j'ai encore la conversation avec Matt en travers de la gorge. Cette folle de Victoria vient même me polluer l'esprit en pleine nature ! Ce plan cul s'est transformé en véritable cauchemar. Matt a raison, il faut vraiment que je trouve la solution pour qu'elle comprenne une bonne fois pour toutes.

En plein soleil, je m'apprête à mordre dans mon pain suédois au saumon fumé, lorsque mon téléphone vibre contre ma cuisse. Au secours, encore un message ! Évidemment, elle a dû avoir les oreilles qui sifflaient.

VICTORIA : Des baisers tout mouillés pour toi, baby love, tu me manques...

Je laisse bien sûr ce message sans réponse, comme tout ceux non professionnels qu'elle m'envoie.

Plus tard, le chemin devenant trop difficile d'accès, je retourne sur mes pas. J'ai déjà bien marché, et ça m'a fait du bien.

De retour de ma randonnée, entre chien et loup, il neige beaucoup dans la pénombre. J'ai des flocons plein la barbe, et très envie d'une bonne douche chaude. Mais la lumière du *Cottage Café* m'attire. J'avoue que le vin chaud de June est un vrai remontant qui passe aussi bien qu'une bonne bière de chez moi. Depuis le premier jour, j'ai pris l'habitude de finir ma journée de travail ici et de m'installer dans un de ses gros fauteuils club face à la cheminée.

Je l'aperçois par la fenêtre. La mamie courageuse et déterminée qui tient son café toute seule, et qui est surnommée par tous les Meurians : LE ROC !

Icône du village, cette femme de quatre vingt un an, est toujours dans une forme éclatante. Comme chaque jour, je la vois s'activer dans tous les sens. Là, elle monte et descend d'un escabeau tel un écureuil à son arbre, et s'affaire de placard en placard comme une jeune fille. Incroyable ! Elle n'a même pas l'air fatiguée au milieu des cartons de décorations de Noël qui s'étalent.

Je pousse la porte et le tintement habituel des clochettes de l'entrée m'accueille.

> — Rien de tel qu'une bonne boisson chaude *made by* June pour me réchauffer après une longue marche, dis-je en refermant vite la porte.
>
> — Oh ! Mon écossais préféré ! Ça, on peut dire que vous tombez à pic. Auriez-vous la gentillesse de venir m'aider avec les plus gros cartons ? Ce n'est pas qu'ils soient si lourds, mais à deux, c'est toujours mieux, dit-elle, malicieuse, avec un petit clin d'œil.
>
> — Avec grand plaisir, chère June.
>
> — Je nous ferai un délicieux vin chaud après, je sais combien vous l'appréciez. Et je peux même réchauffer mon plat du jour si vous n'avez rien de mieux à faire que de tenir compagnie à une vielle dame.

Je lui réponds en me débarrassant de ma parka humide où la neige a fondu.

— Merci beaucoup, June. J'accepte volontiers cette généreuse proposition à dîner avec la jeune fille que vous êtes !

Elle sourit de plaisir, tout à fait comme une jeune fille, tandis que je grimpe sur l'escabeau.

Mais ça ne s'arrête jamais, combien y'en a-t-il ? Je descends encore plusieurs boîtes pleines de couronnes et de boules, en veux-tu en voilà, comme dit June en rigolant. Nous déballons tout en vrac sur les tables. Demain, c'est l'événement annuel qui lance les festivités. Un village du Père-Noël est en cours de montage sur la place principale. Chaque vitrine doit se parer pour l'occasion de ses plus beaux atours.

La panoplie complète – digne d'un rayon de fête –, que June compte installer, s'étale devant mes yeux ébahis.

J'ai rarement eu le plaisir de profiter de cette période. C'est souvent un moment que l'on partage avec les siens, sauf que, de mon côté, la famille ce n'est pas trop ça. Et comme je n'ai ni femme ni enfant, je passe généralement le 24 au soir dans ma grotte – mon petit cottage à Inverness – accompagné d'une bonne pizza, de bières, et de mes vieux DVD des matchs de l'équipe des HRFC (les « Highland Rugby Football Club) de Inverness que je supporte.

Le tri des décorations enfin terminé pour la mise en place de demain, nous nous posons devant la cheminée.

Deux portions de pot au feu fumant et un bon vin chaud finissent de parfaire la soirée.
— Hum, ça sent très bon, June, merci beaucoup.
— C'est moi qui vous remercie, mon petit Aidan. Je me débrouille généralement seule, vous savez, mais c'est vrai que cette année j'ai un peu traîné. D'habitude, c'est Lou…vous la connaissez Lou ? La petite-fille de William. Elle vient me donner un coup de main quand je suis débordée. Bon, avec ses examens, cette fois, elle n'a pu. Heureusement que vous êtes là.
Nous échangeons un sourire et restons un moment silencieux à contempler le feu.

Tout d'un coup, June se met à respirer plus vite comme si elle allait étouffer. Elle est pâle comme la neige.
— June ? Qu'est-ce qui se passe ? June ?
Elle désigne faiblement son téléphone et parvient à murmurer d'une voix qui s'affole :
— Izzie…Izzie…
Elle me tend la main que j'ai juste le temps de saisir, avant qu'elle ne s'évanouisse.
Les secours immédiatement prévenus, ainsi que Sam et William, j'appuie sur le dernier numéro entrant du téléphone de June.
— Allô, Izzie… ?
— Vous êtes qui ?
— Je suis Aidan. C'est à propos de June…

4
IZZIE

2 décembre

Le rythme puissant de la chanson *Save your tears for another day** s'élève soudain dans mes Airpods et me réveille un peu brusquement. Après le décollage, je me suis écroulée d'épuisement et d'émotion pendant le vol Londres/Genève. L'hôtesse annonce que nous allons amorcer la descente. J'ai souvent fait ce voyage, mais jamais dans de telles circonstances. J'ai l'estomac noué. Il est six heures du matin.

Je me dépêche de récupérer ma valise. Je commande un Uber. Au point de rendez- vous, la voiture m'attend déjà pour m'emmener à Thonon-les-Bains. Tout le long du trajet, mon regard tente de reconnaître les montagnes enneigées dans l'obscurité de ce matin d'hiver. Tout devrait être blanc, et tout est noir.

Arrivée à l'hôpital, devant les grandes portes vitrées, j'agrippe ma valise. J'ai peur de ce qui m'attend.
— Izzie !!
Cette voix, je la connais par cœur. Je me retourne d'un coup, et lâche un gros soupir, reconnaissante de ne pas être seule.

*Titre de The Weeknd

— Sam !!

Mon meilleur ami est là. Il m'ouvre ses bras rassurants et je m'y engouffre.

— Je suis désolé que tu reviennes dans ces conditions, me dit Sam.

— Je ne sais pas comment j'ai fait pour tout gérer entre minuit et quatre heures. Sans l'aide d'Alma, je crois que je n'y serais pas arrivée, je prononce le nez enfoui dans le col de son pull.

— Je sais, ma poulette, elle m'a appelé. On sera toujours là pour toi, tu sais. Ça va aller, ne t'en fais pas.

Nous patientons à l'accueil, en avalant en silence un jus de chaussettes que Sam est allé chercher au distributeur automatique de café.

— Comment c'est arrivé, Sam ?

Il se lance alors dans un récit embrouillé où s'emmêlent décorations de Noël, escabeau, cartons, vin chaud, malaise, chute, téléphone Izzie…jusqu'à l'arrivée des pompiers.

— … Le hasard, ou la providence, a bien fait les choses.

— Ce type lui a sauvé la vie, je murmure.

Interrompus par une infirmière venue nous annoncer que nous pouvons monter, nous nous dirigeons vers la chambre. Sam attend dans le couloir.

Même si l'infirmière m'a assuré que June était hors de danger, c'est le cœur battant que je pousse doucement la porte.

Ma mamie est là, endormie, toute petite dans le lit médicalisé. Les jambes un peu flageolantes, je m'approche, et effleure son front d'un baiser.

— Bonjour mon p'tit poussin, je lui chuchote à l'oreille.

Je détecte un mouvement. Elle entrouvre les yeux et esquisse un petit sourire fatigué.

— Izzie…

Une vague d'émotion me submerge. Je suis si heureuse qu'elle soit en vie, et qu'elle me reconnaisse.

— Oui, mamie, je suis là. J'ai eu si peur. J'ai cru que… je n'allais jamais te revoir.

Je ne peux pas poursuivre. J'étouffe un sanglot.

— Oh, ma chérie, pardon. C'était juste un gros malaise vagal. Ce n'est pas encore mon heure, faut croire. C'est embêtant, on me fait un tas d'examens. Si ça ne tenait qu'à moi, je rentrerais tout de suite.

Même dans son état, son humour reprend le dessus, c'est bon signe. Je lui caresse la joue avec amour.

— Ne parle pas…tu sais bien que tu en fais toujours trop, coquine. Il va falloir ralentir un peu la cadence. Ok, ma Super Mamie ?

Mon p'tit poussin a envie de rigoler, je le sens et ça me réchauffe le cœur.

— Ne t'inquiète pas, je vais m'occuper de gérer le *Cottage Café*, le temps que tu te remettes.

— Mais, ma chérie, tu vis à Londres !

— Ne t'agite pas. Si je te dis que je peux le faire, je peux le faire. Je resterai à Montriond aussi longtemps qu'il faudra. Je t'aime, Mamie. Tellement.

— Moi aussi, ma chérie. Tellement.

Nous échangeons le plus tendre des sourires, puis je lui envoie un dernier baiser de la main avant de ressortir de la chambre.

Je suis soulagée.

Sam m'entraîne dehors. J'ai l'impression d'être en apnée depuis l'appel d'hier soir. Je peux enfin relâcher la tension et respirer un grand coup.

Le vent glacial me fait frissonner. Sam me prend par le bras et m'emmène à la voiture.

Heureusement que j'ai des amis merveilleux et fidèles.

Nous voilà partis vers le village de mon enfance que je n'ai pas revu depuis un an. L'aube perce doucement la nuit. La voiture grimpe la route sinueuse en zigzaguant à travers les sapins. Le trajet se déroule en silence, tandis que commence à se dessiner la beauté de ce paysage que j'aime tant. Je réalise combien ça me manque. Retrouver l'immensité de cette nature sauvage me procure instantanément un sentiment d'apaisement. Tandis que nous dépassons le panneau « Bienvenue à Montriond, plus beau village de France », un sourire m'éclaire. Le soleil se lève comme pour m'accueillir.

Je rentre à la maison.

Malgré l'heure matinale, je remarque l'agitation sur la petite place devant le bâtiment principal des *Chalets sous les flocons*. Génial ! Ce sont sûrement les derniers préparatifs pour la fête des lumières. Je n'arrive pas à croire que je vais y assister pour la première fois depuis que je vis à Londres. Je descends de la voiture.

— J'aimerais vraiment remercier ce Monsieur Aidan pour ce qu'il a fait.
— C'est quelqu'un de bien. Je te le présenterai ce soir quand tu seras installée. Je suis sûre qu'il te plaira. J'arrive, je vais chercher le double des clefs de June.

Je regarde le *Cottage Café* accolé à l'hôtel avec, un peu plus loin, la petite barrière en bois qui mène à la maison où ont toujours vécu mes grands-parents. Un joli petit chalet accueillant et chaleureux.
June y vit seule à présent, mon grand-père nous ayant quittés il y a quelques années. Soudain, des cris perçants provenant de la place me font tourner la tête. Là-bas, on dirait qu'un mec est en train de se faire engueuler gravement. Autour, tout le monde est figé, en silence. Sympa l'ambiance.

C'est qui ce fou furieux qui hurle comme un putois ?

5
AIDAN

2 décembre

    Un son entêtant résonne dans mes oreilles, interrompant mon sommeil. J'ouvre péniblement un œil.
Je vous en supplie, arrêtez ce marteau-piqueur dans mon cerveau.
Ce qu'il me reste de neurones se reconnecte, et je comprends : téléphone ! Je tente de mettre la main dessus, et finis par le trouver par terre. Le *Allô* pâteux que je parviens à articuler est accueilli par la voix inquiète de mon premier assistant, James.
    — Ah, quand même ! On t'attend, on est prêt à prendre la route, qu'est-ce qui se passe ?
J'écarquille les yeux sans comprendre jusqu'à ce que je déchiffre l'heure floue qui s'affiche sur mon écran : 8h15.
    — 8h15 !! je crie en dégringolant du lit. Merde, je ne me suis pas réveillé, j'arrive, dis-je en lui raccrochant au nez.

Vu la bouteille de whisky vide échouée sur le tapis, je pense avoir trouvé la raison de cette panne d'oreiller. Vite la tête sous la douche pour tenter de calmer la barre atroce qui me transperce le crâne. L'eau glacée qui jaillit d'un coup, m'arrache un long gémissement,

mais dans mon état, c'est la seule solution pour me remettre d'aplomb.
Qu'est ce qui m'a pris de me bourrer la gueule comme ça la veille d'un jour de tournage !?

La soirée d'hier me revient soudain. Après le départ des pompiers qui ont emmené June, mes appels à William, Sam, et Izzie sans la connaître, pour les tenir informés, j'ai tenté de remettre un peu d'ordre au *Cottage Café*. Éteindre le feu dans la cheminée, nettoyer le repas, ranger la vaisselle, fermer à clé le café. Je réalise que ce qui s'est passé m'a bien sonné. C'est la première fois que j'ai eu l'impression de frôler la mort, pas la mienne bien sûr, mais celle de quelqu'un d'autre. Heureusement, il y a eu plus de peur que de mal. En rentrant chez moi, au chalet, ça n'allait pas fort. Bon, d'accord, j'avais besoin d'un remontant, mais j'aurais pu y aller un peu plus mollo tout de même.

Des flash-back alcoolisés, désagréables, défilent dans ma tête. Un doute affreux me noue la gorge. J'attrape mon téléphone et là : CATASTROPHE ! Une succession sans fin de textos de Victoria tout au long de la nuit !

VICTORIA : Bébé, enfin tu es revenu à la raison. Tu voulais juste te protéger, j'en étais sûre. J'ai envie de toi, moi aussi. Marions-nous, nous serons très heureux ensemble, comme dans la chanson.

Quelle chanson ?? C'est une blague ! La découverte que je fais en remontant jusqu'au début des messages est encore pire : LE texto qui a déclenché cette avalanche vient de MOI.

AIDAN : La vie est courte et fragile, il faut vraiment en profiter… aimer, faire l'amour, emoji cœur, (*trois fois en plus* ! *Au secours, je vais mourir* !) emoji flamme, emoji aubergine…

S'ensuivent quelques autres messages plus explicites que je n'ose même pas relire. J'ai la nausée, je crois que je vais gerber. Dites-moi que je rêve et que c'est ma gueule de bois qui me fait halluciner !

Tout le monde le sait pourtant, c'est la règle *number one* : ne JAMAIS prendre son téléphone bourré, et envoyer des messages à des ex *sex partner*.
Ça va bien faire rire Matt Mais là, tout de suite, moi pas du tout. J'avais pourtant réussi à ne jamais répondre aux messages privés de Victoria. Déjà qu'elle ne me lâchait pas, mais là c'est carrément fichu. D'une humeur de chien, j'avale deux Citrate de bétaïne, une bouteille d'eau, et quitte mon chalet en claquant la porte.

J'arrive dans le centre du village où toute l'équipe est là, qui m'attend pour partir dans la forêt. Sur la place l'agitation est déjà à son comble, et les installations qui se mettent en place pour la fête des lumières commencent à prendre forme. James, qui est aussi un copain, m'accueille en se marrant doucement.

— Bah alors, on n'y croyait plus. T'as l'air bien essoré, tu étais en pleine « réunion de production » …

Je rêve ou il vient de mimer des guillemets en m'adressant un clin d'œil plein de sous-entendu avant d'enchaîner.

> — T'as fait des folies de ton corps toute la nuit ? insiste-t-il lourdement.
>
> — J'ai surtout l'impression qu'un 33 tonnes m'est passé dessus.
>
> — Je vois ça, t'as vraiment une sale tête.
>
> — Oui, bah, pas la peine d'en rajouter. Il faut se dépêcher de rattraper le retard. Oui, je sais, mon retard. Allez, c'est parti, et fissa !

À ce moment-là, j'entends derrière moi la réflexion du dernier arrivé dans l'équipe, le second assistant caméra criblé de piercings, qui croit parler discrètement.

> — Non mais les patrons, j'te jure. C'est lui qui arrive à la bourre, et c'est nous qui devons nous grouiller le cul. Encore un réal qui se prend pas pour de la merde et qui croit qu'il est Dieu.

C'est la réflexion de trop. Mon cerveau vrille, ce n'est vraiment pas le jour pour ce genre de conneries. Tant pis pour lui, le pauvre va payer pour tout. Mon angoisse pour June, la cuite, Victoria, et la panne de réveil.

> — Dis-donc le percé, tu sais ce qu'il te dit Dieu ?

Je sens mes yeux qui me sortent de la tête. Je fais un pas en avant, et là, patatras, je trébuche dans le pied de la caméra … qui tombe sans que personne n'ait le temps de réagir.

Alors que c'est moi l'unique responsable, soyons honnête, la fourberie de l'alcoolo m'étouffe et j'explose en débitant n'importe quoi.

> — Non, mais t'as vu ce que tu as fait ? #%*#
> (…) Espèce de p'tit con # !!++*# *Fuck off !!*
> ## Dégage !

Tout le monde s'est figé. L'assistant ne sait plus où se mettre et reste muet de confusion.

James tente de me calmer et décroche illico son téléphone pour appeler une société de location de matériel de cinéma à Lyon. Il essaye de commander en urgence un autre modèle pour nous permettre de reprendre le tournage. Le plus rapidement, j'espère.

Je quitte la place en plantant tout le monde.

Je fonce tête baissée. En passant devant le *Cottage Café*, je bouscule quelqu'un. Ça ne me ressemble pas, mais je ne prends même pas la peine de m'excuser, ni de m'arrêter.

> — Espèce de connard ambulant !

Je me retourne machinalement pour apercevoir une fille en colère et qui a bien raison de l'être. Entre l'incivilité, la goujaterie, la mauvaise foi, la gueule de bois, sans parler des sms dégoulinants de Victoria, et maintenant le tournage qui est arrêté, c'est le jackpot total !

Cette journée est définitivement blacklistée comme la pire de mon calendrier. Je m'en souviendrai de ce 2 décembre 2022.

6
IZZIE

2 décembre

Évidemment, il fallait que ce soit sur moi que ce type se jette. Il a bien choisi son jour, le mufle.
— Complètement taré … Sale macho !
— Tu parles toute seule ? me dit Sam qui vient de revenir.
— Tu vois le crétin là-bas ? Il vient de me rentrer dedans. Il n'a pas intérêt à se retrouver sur mon chemin, celui-là.
— Mais… il t'a dit quelque chose de désagréable ?
— Manquerait plus que ça. Il ne s'est même pas excusé cet abruti !
— Bah… ça peut arriver… il avait peut-être un problème.
— Non mais toi alors ! De toute façon tu ne vois jamais le mal nulle part.
Sam me tend les clefs.
— Allez, viens ma poulette, on y va.
Tandis que nous nous dirigeons vers le chalet de June, je continue à pester toute seule.
— Me connaissant, je vais avoir un bleu sur le bras, super.
Venant vers nous, arrive William, le meilleur ami de

ma grand-mère. Juste derrière trottinent les jumelles du village, Charlotte et Marguerite, cent soixante-six ans à elles deux. Ils viennent tous m'embrasser chaleureusement. Je n'ai pas le temps de respirer que Lou déboule et me saute dessus, m'arrachant à son grand-père.

> — Trop contente que tu sois là... et tellement désolée pour June.
> — Heureuse de te retrouver, moi aussi, je lui réponds en la serrant dans mes bras.

Même si elle a quelques années de moins, nous avons toujours été très proches.

> — Comment va June ? me demandent en chœur les sœurs, l'air inquiet.

Je sens tout le monde concerné, ça me touche. Je leur raconte la visite à l'hôpital.
Tout à coup Marguerite change de ton et s'exclame, paniquée.

> — Comment allons-nous faire demain soir ?

Cette question ne manque pas de nous faire rire. Le dimanche soir, c'est sacré : soirée tricots et ragots. Depuis plus d'un demi-siècle, ma grand-mère et les jumelles – ses plus vieilles amies – ne ratent aucun de leur rendez-vous dominical.

> — Il faudra patienter un peu, mesdemoiselles, jusqu'à ce que June revienne, leur répond William.

Il a toujours été proche d'elle et lui voue une affection sans faille.

— Je crois que j'ai besoin de souffler un peu. Je vais aller poser mes bagages. Les dernières heures ont été très intenses. On se retrouve après, si vous voulez bien.
— Un peu qu'on veut, à tout' ma choupette, me dit Lou, en me claquant un bisou sur la joue.

Je les regarde s'éloigner vers la place où ils vont finir d'installer le décor pour la fête. Le village n'est pas grand. Je sais que je ne tarderai pas à les croiser très vite.

Sous son voile opaque brillant se cache l'immense sapin qui sera découvert ce soir. Juste à côté, le trône en velours rouge du Père Noël et son traîneau rempli de cadeaux-l'entourent.
Devant ce spectacle, mes yeux s'emplissent d'étoiles comme devant un film de Noël.

Le portable de Sam sonne. À son expression, je devine que ça doit être un de ses plans cul... d'ailleurs, il s'éloigne pour répondre tranquillement. C'est à ce moment-là que j'aperçois de la lumière au *Cottage Café*.
Je fais quelques pas et pousse la porte entrouverte. Le son familier des clochettes que j'ai tellement entendu toute mon enfance tintinnabule.
Non mais dites-moi que je rêve !

Le grossier personnage qui m'a percutée est là, à

quatre pattes devant moi, en train de farfouiller sous un fauteuil.

— Qu'est-ce que vous foutez là ?

Il me regarde d'un air interloqué.

— Relax, je ne suis pas un voleur.

— Si vous n'êtes pas un voleur, on peut savoir comment vous êtes entré ici ?

Il me répond sur un ton sec.

— Avec les clefs.

— Avec les clefs ?!

— Ah ça y est, dit-il en brandissant un portefeuille.

— Non mais j'hallucine, comment ça, avec les clefs, je réitère. C'est quoi cette histoire ?

Sans prêter aucune attention à ce que je viens de dire, il enchaîne.

— Sauvé ! Je vais enfin pouvoir aller m'acheter de l'Alka-Seltzer. Je me doutais bien qu'il avait dû tomber ici.

Il me dévisage avec un drôle d'air.

— Je ne sais pas pourquoi je vous raconte tout ça. Vous êtes qui au fait ? C'est peut-être vous la voleuse, après tout.

— Non, mais vous ne manquez pas d'air (*ce type a le don de m'exaspérer*). En tout cas, je suis plus ici chez moi, que vous chez vous.

— Ouh là, c'est trop compliqué pour ma p'tite tête. Mon mal de crâne me reprend.

Et en plus il se fout de moi. Il tourne les talons pour quitter le café, et vlan, il bute brusquement contre une table. *Bien fait !* Sauf que, sous le choc, les photophores blancs pailletés d'or tombent et se brisent.

— Non mais vous ne pouvez pas faire attention ?

— *Fuck it* ! J'en peux plus, il faut que j'aille me recoucher, je fais vraiment n'importe quoi.

— Vous êtes ce genre de mec qui se croit tout permis, c'est ça ?

— Oh ça va, vous n'allez pas vous y mettre vous aussi. Est-ce que ce serait possible qu'on arrête de m'emmerder aujourd'hui, ou c'est trop demandé ?

— Si vous croyez que vous m'impressionnez, vous vous fourrez le doigt dans l'œil.

— Tant que c'est dans l'œil…

— Vulgaire, en plus.

— Je n'ai rien dit.

L'un en face de l'autre, nous nous défions du regard. Un vrai combat de coq… et de poule.

Il est très grand, bien bâti, mais je ne me laisse pas déstabiliser par sa carrure imposante pour autant. Oh non, pas question, je ne vais pas craquer et m'écraser comme je sais trop bien faire. Au contraire, je décide d'en rajouter une dernière couche.

— En tout cas, moi, je ne vais pas vous laisser m'insulter comme vous l'avez fait tout à l'heure avec ce pauvre malheureux.

Je vois à sa tête qu'il n'apprécie pas du tout ma remarque. Je ne suis pas mécontente de moi. Mais, je n'ai pas encore dit mon dernier mot.

— Des connards, ce n'est pas ce qui manque. Mais à Montriond, on n'en avait pas encore vu.

Il me foudroie du regard. Moi qui avais prévu de lui dire ses quatre vérités, si je le revoyais, on peut dire que c'est chose faite. Mission accomplie. Je lui ouvre la porte en grand.

— Je ne vous dis pas au revoir.

Sam arrive à ce moment-là. Contre toute attente, le connard s'adresse à lui avec un grand sourire.

— *Perfect timing, my friend* ! dit-il en remettant les clefs à mon meilleur ami.

J'espère que June reviendra très vite.

Tout s'embrouille dans ma tête. Attendez, il connaît June ? Il connaît Sam ?

— Tu m'expliques ?

Mon ami se racle la gorge.

— Izzie, je te présente Aidan.

7
IZZIE

2 décembre

Cette découverte improbable me fait l'effet d'une bombe. Je reste plantée là, abasourdie, comme si j'avais vu le Père Noël en string descendre de la cheminée.
Aidan, le connard, ce macho des cavernes, c'est le même qui a sauvé ma grand-mère ? Il doit y avoir une erreur.
Il me fixe d'un air sidéré. Je le sens soudain mal à l'aise. Il passe devant moi comme une flèche en prenant la fuite. Machinalement, je referme la porte derrière lui. De l'autre côté de la vitre, je le vois qui s'éloigne en se prenant la tête dans les mains.

— À aucun moment ça ne t'est venu à l'esprit de me dire que c'était Aidan ? dis-je, agacée, à Sam.

— T'avais l'air tellement énervée contre lui, sans le connaître, je me suis dit que ce n'était pas le moment.

— Désolé Iz, grimace-t-il.

— Sa gentillesse d'hier soir avec June n'était probablement qu'un instant d'égarement.

— Tu te trompes, c'est un chouette mec, vraiment sympa. Je suis sûr que si tu dépassais cet incident vous pourriez…

— Quoi ? Tomber amoureux ? Ah ah, très drôle, on n'est pas dans un film de Noël où ils se détestent et hop, c'est le grand amour. Sam, franchement, laisse tomber ! J'ai déjà cerné le personnage : c'est un clone de Lawrence.

— Euh, ne t'emballe pas, si tu ne m'avais pas interrompu, j'allais juste dire, vous pourriez bien vous entendre avec Aidan.

— Arrête tes délires.

— Et au fait, toujours aucune nouvelle de Lawrence ?

— ………………

— Ok, et ça fait combien de temps, cette fois ?

— Je compte plus.

— Tu comptes plus ? Mais tu attends. Tu tournes en boucle. De ce que tu m'as dit, ce mec, c'est le pire des enfoirés, non ?

— Ouais, ouais. Et moi, je lui cours encore après, bla-bla-bla, tu parles comme Alma, je connais la chanson.

— Je suis désolé, et puis je ne suis pas un exemple en la matière. Mon dernier *crush*, s'est bien moqué de moi.

— Il s'appelle comment ?

— Maria. Cette fois, c'était une nana.

— Ah ouais ??

— Il faut vivre avec son temps, ma poulette. Je ne suis fermé à rien, moi. Mec, meuf, mes chakras et mon corps sont ouverts à tout et à tout le monde.

Tandis qu'il me rend les clefs du *Cottage Café* en m'adressant un clin d'œil, j'éteins les lumières. Il m'a fait rire, et ça fait du bien.

Quelques pas plus tard, je soulève le petit loquet du portillon en bois du chalet de ma grand-mère. Le jardin s'est paré de sa belle robe blanche. Seules les baies rouges du buisson de houx apportent une touche colorée. C'est magnifique.

— Repose-toi bien, et on se retrouve plus tard pour l'inauguration du village de Noël, me lance Sam avant de repartir.

Rien n'a changé, tout est à sa place. La petite cuisine ouverte sur le salon, le poêle à bois, les fauteuils moelleux qui prennent toute la place, le petit pouf pour allonger les jambes, sans oublier les grosses pelotes de laine posées dans leur panier en osier.

Je devine d'ailleurs les aiguilles plantées dans le début d'un pull de Noël. *Welcome home* ! Sacré Mamie.

Par contre, il fait un froid de canard, ici. Je mets du petit bois, du papier journal en boule, et craque une allumette. Quand le feu est lancé, je rajoute deux bûches avant de refermer la trappe. La chaleur commence à se diffuser doucement.

Mon tour de maison continue. Arrivée à l'étage, c'est la surprise. Dans la chambre de June, d'habitude impeccable, l'édredon est négligemment jeté en travers du lit et les oreillers pas retapés. *Étrange*. Dans la salle de bain trône toujours la pièce maîtresse, à savoir la baignoire sabot que j'adore depuis que je suis enfant.

J'entre dans ma chambre qui, elle, est toujours parfaite. Un grand lit à barreaux en fer forgé, recouvert d'un plaid blanc en poils tout doux avec une tripotée de coussins rouges. J'écarte les lourds rideaux en velours vert foncé, et aperçois la place du village en pleine effervescence. Je suis heureuse de pouvoir y assister, mais là, tout de suite, la fatigue m'assaille. Enroulée dans le plaid, je m'endors immédiatement.

Quand j'ouvre les yeux, le soleil est déjà en train de laisser place à un joli croissant de lune. L'odeur du feu de bois embaume toute la maison. Aller prendre un bain me paraît indispensable pour me remettre d'aplomb.

Quand je redescends, enveloppée dans mon peignoir doudou, le feu est quasi éteint. J'ajoute une bûche et je m'installe devant le poêle, un bon thé bien chaud entre les mains. Je pourrais rester des heures comme ça, mais il est déjà tard et je ne veux rien louper de la soirée. Je prends quand même mon téléphone et écris presque mécaniquement à Lawrence.

IZZIE : Tu n'as probablement pas eu mes précédents messages. Je suis partie en France m'occuper de ma grand-mère qui a fait un malaise. Je ne sais pas quand je rentre. Je pense à toi.

Aussitôt envoyé, je regrette cet énième sms pathétique qui restera une fois de plus sans réponse.
Non mais, qu'est-ce que j'espère ? Quelle cruche ! J'imagine très bien ce qu'Alma et Sam en penseraient.

Prête à sortir, il ne me reste plus qu'à enfiler mes bottes fourrées et ma doudoune. Devant le miroir de l'entrée, je mets mon écharpe et mon bonnet. Un dernier coup d'œil, et c'est parti.

Marilyn Monroe chantant son fameux *Santa Baby* m'accueille. Le village entier est sur la place pour le dévoilement du sapin. Je retrouve Lou et Sam, déjà en train de déguster un délicieux chocolat chaud. Je vais m'en chercher un. Tout le monde attend avec impatience le décompte.
La nuit est enfin tombée. Après ces dernières vingt-quatre heures, l'ambiance joyeuse et douce me réchauffe le cœur. Ça commence : 10…9…8… Nous reprenons tous d'une même voix …7…6…5…4…3…2…1…0. L'immense voile est tiré et tombe. L'arbre de Noël s'illumine, accompagné d'acclamations et de cris de joie. Les yeux brillants d'émotion, je contemple, fascinée, les centaines de petites boules et loupiotes qui scintillent de mille feux. La magie de Noël a débuté.
L'excitation est palpable chez les petits comme chez les grands.
Tout à coup, mon sourire disparaît. De l'autre côté du sapin, je viens d'apercevoir le *Grinch*[*1] le plus

détestable de Noël, le soi-disant Aidan qui me regarde et semble venir vers moi. C'est alors que, sans que je comprenne pourquoi, mon cœur rate un battement…

---

*1 Grinch, personnage grincheux du film homonyme, qui est là pour gâcher Noël.

8
AIDAN

2 décembre

Consterné par mon propre comportement, j'ai dégagé le plus vite possible du *Cottage Café*, direction ma grotte, avec une seule envie : me jeter sous la couette pour cacher ma honte. Entre ma crise de colère aiguë contre ce pauvre assistant, l'accrochage lamentable en mode macho avec la petite-fille de June suivi de la scène au café, je crois que j'ai vraiment atteint le sommet. *Un vrai champion !*
    — MEEEERDE !! C'est quoi mon *fucking* problème ? je crie en me prenant la tête dans les mains.

Quand Sam nous a présentés, il aurait pu aussi bien m'envoyer la porte en pleine gueule, ça n'aurait pas été pire. La douce personne, si reconnaissante, que j'ai eue en ligne hier soir, pourquoi faut-il justement que ce soit elle, Izzie. Elle doit avoir une super opinion de moi. *Carton rouge direct, mec !*
Ça t'apprendra à te mettre une murge aussi grosse, et tout seul en plus. Grande classe.
J'ouvre enfin la porte de mon chalet quand je reçois un sms.
Oh pitié, pas Victoria !
Heureusement, c'est mon assistant.

JAMES : Est-ce que ça va ?

AIDAN : T'as des nouvelles du matos ?

JAMES : Pas de nouvelles avant lundi.

**AIDAN : Bordel, je les enchaîne vraiment aujourd'hui. J'ai déconné, je suis désolé.
Je vais dormir, ça ira mieux après. Et l'équipe ?...**

JAMES : T'inquiètes, je m'en occupe. Si tu veux boire une bière ce soir, on est là.

Je m'affale sur mon lit. Il est cool, James, mais je reste accablé par la tournure des événements que j'ai provoqués, qui défilent en boucle dans ma tête comme dans un film sans fin. Ça ne me ressemble tellement pas, putain ! Mon mal de crâne joue toujours de la batterie quand je ferme enfin les yeux et sombre dans un profond sommeil.

C'est la faim qui me sort de mon coma post-cuite. Il fait quasiment nuit dehors. Je me lève avec l'impression d'avoir fait un cauchemar et d'en sortir au ralenti. Je me sens un peu plus reposé et un peu moins stressé. Il faut absolument que je trouve un moyen de m'excuser auprès d'Izzie.
Déjà, commencer par retrouver un minimum de dignité. Douche, jean, gros pull.
Sur la terrasse, le froid achève de m'envoyer un dernier coup de fouet.
Le volume des musiques de Noël s'amplifie à mesure que j'approche du centre du village. Et c'est dans une

ambiance festive que j'arrive au véritable pays du Père Noël. Les enfants courent partout, des odeurs d'épices et de cannelle se mélangent au vin chaud, aux tartiflettes et aux burgers. Je choisis la dernière option, parfaite pour remplir mon estomac vide depuis vingt-quatre heures.
Je repère mon équipe en plein fou-rire, et m'approche. Silence embarrassé.

> — Je crois que c'est le moment de payer ma tournée, les gars.

Je trinque avec eux. Après quelques blagues lourdingues, l'atmosphère chaleureuse reprend le dessus. Je commande une autre pinte de bière. Chez nous, on soigne le mal par le mal. On est Écossais ou on ne l'est pas !

Un peu plus loin, William et ses drôles de dames, sont là. Je leur adresse un petit salut de la main. Ils me font signe de les rejoindre. William en bon patriarche me tend sa main épaisse et rassurante.

> — Dis donc, on s'engueule dans le cinéma. Ça s'est arrangé vos histoires ?
> — J'espère qu'il y aura une caméra de secours très vite.
> — Te fais pas trop de bile, mon garçon.
> — Y'a toujours des solutions dans la vie, renchérissent les jumelles en cœur.

Touché, je leur souris. Ces gens sont vraiment adorables, ce qui me fait encore plus regretter qu'ils m'aient vu dans cet état.

— Aidan ! m'appelle mon régisseur, en levant deux pintes.

Je vais pour le rejoindre, quand, soudain, la place est plongée dans le noir. D'une seule et même voix, tous se mettent à crier 10, 9, 8… à 0, c'est l'explosion de joie et le sapin s'illumine.

J'ai l'impression d'être propulsé des années en arrière avec mes parents, quand fêter Noël était encore une tradition familiale.

Sans même m'en rendre compte, j'ai fermé les yeux d'émotion. Quand je les rouvre, mon regard tombe sur Izzie de l'autre côté du sapin. Elle ne me voit pas et sourit comme une petite fille émerveillée, des étoiles plein les yeux. C'est le moment d'aller m'excuser.

Sauf que, lorsqu'elle m'aperçoit, son sourire disparaît. Je la comprends, à sa place je n'aurais pas du tout envie de me voir non plus. J'ai du mal à respirer. Prenant mon courage à deux mains, je m'avance. Elle semble figée sur place. Et soudain son gobelet lui échappe. Le chocolat chaud se répand sur la neige. L'occasion est trop belle. Je fonds sur le gobelet… en même temps qu'elle. Nos têtes se cognent.

— Décidément. Vous ne savez faire que ça, vous cogner aux gens ?

Bon, c'est mal parti pour les excuses. Nous nous relevons d'un même mouvement.

— Je voulais juste aider.

— Je n'ai pas besoin d'aide, et surtout pas venant de vous.

— Izzie, je vous prie de m'excuser... pour tout.

— Oui, bah ça ne va pas être facile, marmonne-t-elle.

Vite, trouver quelque chose pour détendre l'atmosphère. Je lui tends la main en m'efforçant de sourire.

— Enchanté, Aidan Naesmith.

— À quoi vous jouez, là ?

— On efface et on recommence, vous en dites quoi ?

Elle a l'air d'hésiter. Et moi, j'attends, la main tendue. Je remarque seulement maintenant ses grands yeux verts.

Elle me tend une main mécanique, comme un robot, qui sert la mienne et se retire aussi vite.

— Euh... Izzie Bildman.

Contrairement aux mains, nos regards restent un bref instant suspendus l'un à l'autre. Une étrange sensation m'envahit : il me semble que mon cœur bat un peu plus fort.

— Je vous remercie d'avoir secouru ma grand-mère. Vraiment. Mais nos chemins se séparent ici. On va gentiment éviter de se croiser pendant les jours qui arrivent, avant que je rentre à Londres.

Elle tourne les talons et quitte la place. Je n'ai pas le temps de réagir que William arrive en panique.

— Ah, Aidan, notre sauveur ! Tempête de neige au QG du Père Noël. Il s'est cassé la jambe et est bloqué à Avoriaz, du coup il ne peut pas venir demain. Tu es le seul ici à avoir la même taille que lui. Le costume t'attend à neuf heures, ici. Je compte sur toi. C'est juste pour une journée. Il sera remplacé dès lundi. Merci mon garçon, dit-il, avant de faire demi-tour sans même attendre que je lui réponde.

C'est la meilleure celle-là ! Moi qui n'ai pas fêté Noël depuis quinze ans, voilà que je vais jouer Santa Claus*...

**Nom du Père Noël en Écosse (diminutif de St Nicolas)*

9
IZZIE

2 décembre

Qu'est-ce qui m'a pris ? J'ai filé comme si le Yéti avait voulu me dévorer toute crue. *N'importe quoi.*
D'accord, il a été odieux, mais bon, il s'est excusé, a fait preuve de bonne volonté, a été plutôt moins désagréable que les autres fois, et même un peu rigolo.
Et toi, alors ? T'as rien trouvé de mieux que d'être froide comme un glaçon et de le rembarrer !
C'est lui maintenant qui doit me trouver odieuse.
Si jamais tu le recroises, sois un peu plus relax…

J'enfile mon pyjama, je me pose avec ma romance de Noël devant le feu que je viens de ranimer, d'habitude ça a le don de me calmer direct, là, pas du tout, je relis trois fois la même phrase sans rien comprendre. Respire. Une fois, deux fois, voilà. Au moment où je commence à peine à me calmer, la sonnette me fait sursauter. Qui frappe à ma porte ?
Ça ne peut pas être Aidan, tout de même.
Machinalement, je me passe la main dans les cheveux, et me pince les joues pour les rosir, comme Scarlett O'Hara dans *Autant en emporte le vent*.
Tu dérailles complètement, ma pauvre fille !

Je respire un grand coup et ouvre la porte à… William.
> — Tout va bien ? C'est June ? dis-je affolée.
> — Pas de panique, pardon, ma petite Izzie, désolé de te déranger. Au contraire, je viens d'avoir ta grand-mère au téléphone, c'est elle qui m'a appelé, figure-toi. Calme, repos sont les seules prescriptions recommandées par les médecins. Elle sort déjà mardi c'est formidable. J'irai la chercher.
> — Je viendrai avec toi.
> — Pas la peine, je t'assure, ça ne me dérange pas. Je suis content, elle va très bien. La preuve, elle m'a tenu la jambe pendant une demi-heure, dit-il en pouffant dans sa barbe blanche.

Je l'adore, et ris avec lui. Meilleur ami de mes grands-parents depuis l'école, j'ai toujours considéré William comme faisant partie de la famille.
> — C'est gentil d'être passé pour me donner des bonnes nouvelles.
> — En fait, je suis surtout venu te voir pour te demander un grand service…

10
IZZIE

3 décembre

Le soleil à travers les rideaux me tire du sommeil. Je m'étire comme un chat. Ça faisait une éternité que je n'avais pas aussi bien dormi.
Si je dois travailler toute la journée dehors, autant être à l'aise. Legging doudou, grosses chaussettes à paillettes, pull de Noël avec des rennes hilares, je crois que ça conviendra.

It's beginning to look a lot like Christmas, résonne déjà partout dans le village. *Michael Bublé, mon prince, merci !* Toute guillerette de partager de beaux moments avec les enfants, j'arrive au point de rendez-vous. Posée sur le traîneau comme me l'a indiqué William, la veille au soir, je repère la housse avec mes accessoires du jour. J'enfile les chaussures vertes en feutrine à clochettes au bout des pointes, et le bonnet assorti, quand j'aperçois là-bas, de dos, le Père Noël.
Je m'approche pour le saluer. Et là, *oh my God…*
Aidan a l'air aussi abasourdi que moi. Son regard m'électrise, tandis qu'il me scanne de la tête aux pieds. J'en ai le souffle coupé. Je cherche maladroitement à prendre une position assurée, la plus calme et détachée possible. Spoiler alert : évidemment, ça ne marche pas du tout.

— Qu'est-ce que vous faites là dans cette tenue ?

Pour l'attitude relax, tu repasseras, Izzie.

— Je peux vous retourner le compliment. Bonjour quand même.

Il me décroche un sourire étincelant.

Flûte, il n'aurait pas pu avoir les dents pourries du Grinch ?

— Bon… bonjour, je bredouille.

Qu'est-ce que c'est que cette voix suraiguë, on dirait que j'ai avalé une perruche.

Et ça le fait rire en plus !

— William ne m'a pas vraiment laissé le choix.

— Moi non plus. Mais il ne m'a pas dit que ce serait vous.

— Moi non plus, il ne m'a rien dit. Remarque, après le bazar d'hier, j'ai pensé que faire quelque chose pour la communauté c'était plutôt bien pour me rattraper.

— Bien vu.

— Puisqu'on est « condamnés » à passer la journée ensemble, on pourrait peut-être se tutoyer ?

Je fais celle qui n'a pas entendu.

Devant le stand de bretzels, William et les jumelles nous regardent en rigolant et en faisant des messes basses. Super, William, ton plan foireux du Père Noël et de la lutine.

Je me retourne vers Aidan.

— Écoutez, seul l'esprit de Noël compte et tout se passera bien.

— Comme tu veux, Izzie la lutine, dit-il avec un clin d'œil en enfilant sa grosse barbe de Père Noël.

Je vois bien qu'il me cherche. Je n'ai pas le temps de répliquer. Les premiers enfants arrivent déjà, tout excités à la perspective de la fête.

Une petite fille, haute comme trois pommes, s'approche la première, en zozotant. Elle veut une photo sur le traîneau avec nous deux. Je la hisse sur les genoux de Aidan, et me place debout à côté.

— Comment tu t'appelles ?

— Ze m'appelle Saralou et toi tu t'appelles Lutine. Ze veux que tu te mets aussi sur les zenoux, ze te laisse une place, regarde. Sinon, on dirait que tu l'aimes pas, mais moi, se met-elle à chuchoter, ze sais que c'est ton amoureux du pays du Père Noël.

Elle nous décroche un sourire où manquent deux dents et nous fait fondre. J'essaye néanmoins de rester dans mon rôle.

— Tu sais Saralou, la lutine est toujours debout à côté du Père Noël. C'est sa place pour accueillir les enfants.

— Ouh la menteuzze, elle est amoureuzze, rigole-t-elle en me pointant du doigt.

J'ai bizarrement l'impression de rougir comme le nez de Rudolph, le renne éclaireur du Père Noël. Une sorte de rictus idiot s'est accroché à ma bouche. Aidan me jette un œil amusé. Je le foudroie du regard.

— Moi aussi, zé un amoureux, tu sais, révèle-t-elle, tu vas zamais trouver comment qui s'appelle.

Avant que j'aie pu en placer une, Aidan se penche vers elle.

— Laisse-moi deviner... euh, attends. Il ne s'appellerait pas... Nicolas ?

La petite se fige, la bouche grande ouverte. Et j'avoue, moi aussi, un peu. Pour un coup de chance, c'est un coup de chance.

— Tu le connais ?
— Je suis le Père Noël, je connais les noms de tous les petits enfants.
— Waaaouhhh...

Elle me regarde, émerveillée.

— T'as d'la sance d'être la lutine du Père Noël. Alors, tu viens ?

Sans que je réalise ce qui m'arrive, d'une main, Aidan m'attrape la hanche et je me retrouve, moi aussi sur les genoux du Père Noël. Une vibration lointaine monte dans mes reins. *Est-ce possible, j'ai des papillons dans le ventre ?* J'espère que ça ne se voit pas. À ce moment-là, il me fixe d'un regard pénétrant.

— Allez, ma p'tite lutine, un sourire pour la photo.

À cet instant, je comprends que je suis mal barrée.

11
IZZIE

4 décembre

Dur le réveil ce matin. La tête enfouie dans l'oreiller, je ne veux qu'une chose, prolonger ma nuit où je n'ai fait que rêver de… *Hein !? Il me poursuit dans mes rêves, lui, maintenant !* Je me lève d'un bond. C'est vrai qu'après la journée gamins – Père Noël – lutine – photos, je l'ai vite planté…

Il fait encore nuit, mais j'ai une bonne raison de me lever si tôt. Aujourd'hui, j'ai décidé d'ouvrir *Le Cottage Café*, pour que tout roule au retour de June demain. Je tente d'avaler mon café, les yeux dans le vague. Je ne peux pas m'empêcher de repenser à hier.

Je devais absolument en parler à Alma. J'avais tellement de choses à raconter à ma meilleure amie. Surexcitée, elle n'a pas arrêté de répéter toute la soirée qu'il fallait que je me lâche et qu'un petit "crousticroc des montagnes", comme elle dit, ne pouvait pas me faire de mal, bien au contraire. On a raccroché à deux heures du matin, heure de Londres, ici, trois heures ! *Pas étonnant que j'ai la tête dans le cul, rien à voir avec mes rêves, non, non, non…*
Huit heures pétantes, je pousse la porte du café. *Ouh, ça caille ici !* Vite, remonter le chauffage, et mes

manches. Je suis bien décidée à tout faire briller, que ma grand-mère soit contente.

Avant toute chose, indispensable pour le ménage, lancer ma playlist « Courage ma biche, tu vas y arriver ». La reine de la pop, *Dua Lipa*, commence à chanter et ça se met à vibrer dans tout le café. *C'est parti mon kiki !* Nettoyer, serpiller, aspirer, ranger les cartons, accrocher les décorations, préparer et enfourner les cookies de Noël, dorer les viennoiseries, et pour finir, faire mijoter le plat du jour, soupe potimarron/châtaignes que June, la prévoyante, a congelé. Il ne me reste plus qu'à brancher les guirlandes lumineuses de la devanture, et tout sera top. On dirait que j'ai fait ça toute ma vie et j'adore ça.

Il est midi quand je retourne, fièrement, la pancarte « OUVERT ».

> — Bravo, t'as réussi, me dit Lou, en passant la tête par la porte, cinq minutes plus tard. Trop bien ! Je vais pouvoir reprendre mon Macchiato caramel. Je vais même m'offrir un cookie avant d'aller bosser.

Je ne vois pas le temps passer. Le Café ne désemplit pas. Ça fait longtemps que je ne me suis pas sentie aussi utile et que je n'ai pas autant apprécié une journée de travail. Jusqu'au bip d'une note vocale. *La plaie ! Je sais que c'est mon boss, vu comment je l'ai enregistré.*

CROUTON (NE PAS DÉCROCHER) : À l'approche de Noël, au cas où vous l'auriez oublié, c'est la folie dans les grands magasins de Londres, Miss Bildman. Je compte sur vous dès demain.

Aïe ! Le merveilleux parfum des biscuits de Noël laisse place à une odeur un peu âcre. Rien que l'idée de retourner à mon boulot de merde me donne mal au ventre. Est-ce que j'ai le choix ?... Soudain, je sais ce que je dois faire pour l'apitoyer. *Désolée Mamie, c'est pour la bonne cause.* Clic, micro. J'enregistre ma réponse, des trémolos dans la voix.

IZZIE : Je ne pourrai malheureusement pas être là avant la fin de la semaine. C'est une question de vie ou de mort.

Soulagée, je me remets au travail. Il est temps de commencer à ranger. À 20h10, je suis en train de finir de nettoyer la machine à boissons chaudes, lorsque dans mon dos les clochettes de la porte jouent de leurs grelots.

> — C'est fermé, il faudra revenir demain, dis-je machinalement, plongée dans la machine.
> — Est-ce qu'il est vraiment trop tard pour un chocolat viennois ?

Je me fige en statue de glace, façon Elsa, la Reine des neiges. *Cette voix... comme dans mon rêve...*

J'inspire un grand coup et me retourne, le visage aussi impassible que Lady Gaga et son Poker face.

— Désolée, j'ai déjà tout nettoyé.
— Bien sûr, je comprends, répond Aidan.

Il a l'air déçu. Il est craquant… Oh non, non, non, ce n'est parce que j'ai eu un moment de faiblesse hier, en sentant le contact de sa main sur mes reins, que je vais craquer. Ni chocolat chaud, ni rien du tout d'ailleurs.

— J'aurais dû venir plus tôt, tant pis pour moi.
— Je peux vous offrir un verre d'eau, si vous voulez.

Il vient vers le comptoir en souriant. Je pousse le verre d'eau vers lui. Nos doigts se frôlent. Un ange passe.

— C'était plutôt chouette cette journée, hier, tu ne trouves pas.

Qu'est-ce qu'il m'agace à me tutoyer comme ça.

— Vous avez fait fort avec la petite Saralou et son Nicolas.
— Il faut croire que le hasard fait bien les choses, parfois. Nicolas, c'est le nom du Père Noël chez moi, en Écosse.
— Ah, vous êtes Écossais ! Vous parlez bien le français.
— Aucun mérite, ma mère est française, je suis bilingue. Et toi ? Si j'ai bien compris, tu vis à Londres ?

— Oui. Moi aussi je suis bilingue.

— Ça nous fait deux langues en commun, dit-il sans me quitter des yeux.

Un peu plus et je m'étrangle. Je toussote pour me donner une contenance.

— Euh, faut vraiment que je ferme, là, j'arrive à articuler sur un ton le plus détaché possible.

Je me dirige vers la porte. Il m'emboîte le pas. Je sens sa présence dans mon dos. J'ai l'impression d'être au ralenti.

— Au revoir, Izzie…

— Oui, au revoir.

Mais pourquoi j'ai dit ça ? Comme si j'avais envie de le revoir !

Je le pousse presque dehors pour fermer la porte à clefs derrière lui. J'ai dû trop monter le chauffage, j'ai les joues en feu.

De retour à la maison, pour se détendre, rien de tel que mon remède préféré : plaid et film de Noël. Ce soir, je choisis *The holiday*. Parfait !

Parfait, tu parles. Mon cerveau turbine à mille à l'heure. Sur l'écran, Aidan et moi, nous avons pris la place de Cameron Diaz et Jude Law. *N'importe quoi !* Tout d'un coup, j'ai des fourmis dans les doigts.

Qu'est-ce qui m'arrive ? Miracle, j'ai envie d'écrire. Je n'ai pas ressenti cet élan viscéral depuis…

Mon rituel d'écriture (tisane verveine citronnée, bougie, et le concerto n°21 de Mozart), que j'ai mis en place tant de fois sans résultat, ce soir je ne pense même pas à le faire. J'ouvre une nouvelle page Word sur mon ordinateur. Sans hésiter, j'écris :

SEXY SNOWY CHRISTMAS

Une romance de Izzie Bildman

12
IZZIE

5 décembre

Cette nuit, une fois lancée, impossible d'arrêter d'écrire. Après des années de « page blanche », il me semble avoir été enfin libérée du mauvais œil des écrivains. *Alléluia !* Au passage, ça m'a également permis de coucher sur le papier (à défaut d'autre chose…) le fantasme Aidanoël. *Double alléluia !*

Si ma longue séance d'écriture m'a bien reboostée, en revanche je n'ai pas dormi de la nuit. Derrière le comptoir du *Cottage Café*, je prépare tant bien que mal les commandes des clients matinaux. Il faut vraiment que je m'applique pour réussir à dessiner des jolis cœurs sur la mousse du cappuccino et du chocolat chaud sans que mes yeux se ferment et tombent dedans, ploc ploc.

— Youhou ! Y'a quelqu'un ? Allô Izzie, ici la terre, se marre Sam, en claquant des doigts devant moi pour me faire réagir.

— Oh là là, pardon, je te fais un petit café. Je suis complètement dans les choux, j'ai écrit jusqu'à l'aube.

— Génial, ma poulette, l'inspiration est de retour ! Vous avez cartonné dimanche avec les

enfants…
— Hein ! Quel rapport ?
— Bah, je ne sais pas… lutine, Père Noël, les auteurs s'inspirent de leur vie, non ? En tout cas, moi, je n'hésiterais pas à aller faire un tour dans sa hotte.
— Forcément, pour quelqu'un qui lutine à voile et à vapeur !
— Tu préfères ne pas lutiner du tout ?
— J'ai pas dit ça.
— Ah, je le savais, je savais qu'il te plairait, je l'avais prédit.
— Oh, oh, on se calme le lutin. T'as pas du travail qui t'attend, toi ? j'ajoute en riant.

À peine Sam est-il sorti que j'ai une petite faiblesse. Je réalise que je n'ai encore rien avalé. Je dévore rapidement une part de *Carrot Cake*, histoire de me mettre un bon coup de fouet pour l'après-midi.

Des coups de klaxon résonnent en fanfare. Je me précipite dehors. William est déjà en train d'aider June à sortir de la voiture.
— Mon p'tit poussin !!!
Elle vient se blottir dans mes bras et nous nous étreignons avec tendresse.
— Quel bonheur que tu sois encore là.
— Je t'avais dit que je m'occuperai du *Cottage Café,* Mamie.
— Oh, ma chérie… à ce propos, je rêve d'un bon café latte. Fini l'eau de vaisselle de

l'hôpital !

Soudain, son regard me quitte et ses yeux s'illuminent. On dirait une enfant qui vient de découvrir l'atelier du Père Noël.

— Mon héros !

Je me retourne. Et là, je vois mon fantasme arriver au ralenti.

— Ma chère June, je suis si soulagé de vous revoir debout.

— Je vous dois tellement, Aidan. Ma chérie, tu as déjà fait la connaissance de mon sauveur en chair et en os, je crois. Et surtout en muscles, me glisse-t-elle en gloussant, la coquine.

— Mamiiie !

— Vous faites partie de la famille, maintenant. *Hein ?! Il ne manquait plus que ça. Je suis à deux doigts de m'étrangler.*

— Je suis très touché June, dit-il l'air sincèrement ému.

Il se tourne vers moi. Son regard est doux comme le beurre du matin qui fond sur la tartine grillée.

— Bonjour Izzie...

Et moi, crispée comme si je m'apprêtais à descendre une piste noire, les yeux bandés, je suis incapable de dire un mot.

— ...

— Que diriez-vous de venir tous dîner chez moi ce soir pour fêter le retour de notre ROC ? intervint William joyeusement.

— Oh ouiiii ! Une fête pour célébrer la vie, l'amitié, l'amour, s'enthousiasme June comme une adolescente. Je compte sur vous Aidan.

Dans le même élan, elle se penche sur mon épaule tandis qu'elle répète toute rêveuse.

— Ah l'amour, ma chérie…

Au même instant la voix d'Aidan décoche sa flèche.

— À ce soir ! J'apporterai du champagne.

Des frissons me parcourent de haut en bas. Ça promet !

13
IZZIE

5 décembre

Ma grand-mère accrochée à mon bras, j'avance prudemment pour éviter qu'elle ne glisse. Nous passons le portillon de son jardin tout enneigé et nous nous dirigeons, à travers le village qui a allumé ses réverbères, vers le chalet *Le Chamois* où habitent William avec sa petite-fille Lou.
À notre arrivée, leur bouvier bernois, Loupiotte, aboie en remuant la queue, toute contente d'avoir de la compagnie.

— Ooooh, tu as même mis des Poinsettias, ma fleur de Noël préférée, s'extasie June.
— En ton honneur... depuis soixante-dix ans, je connais un peu tes goûts.
— Oh, Will, comme tu es gentil.

Ils sont marrants ces deux-là à mettre les petits plats dans les grands. Ding, dong. Sam, suivi par Aidan, a à peine le temps de franchir le seuil que Loupiotte lui a déjà sauté dessus, toute langue dehors.

— Je vois que tu t'es mis sur ton 31, se moque Lou en s'agrippant au dos de Sam qui ne s'est pas changé depuis ce matin.

Depuis que Lou est revenue vivre au village, après ses études vétérinaire, pour suivre sa formation de musher, elle se chamaille avec Sam comme quand ils étaient petits.

> Depuis que Lou est revenue vivre au village, après ses études vétérinaires, pour suivre sa formation de musher, elle se chamaille avec Sam comme quand ils étaient petits.

En revanche Aidan qui, lui, s'est changé, est assez séduisant. *Carrément, tu veux dire !* En tout cas son sourire me liquéfie sur place. Heureusement Lou, toute excitée, enchaîne.

> — Maintenant qu'on est tous là, et surtout que June est de retour, j'ai une super nouvelle à vous annoncer. Après des heures de travail acharné et mon diplôme en poche... Tadaaa ! vous avez devant vous la nouvelle musher du village.

> —Bravo ! Félicitations, nous nous exclamons, tous en chœur.

> — J'ai beau adorer la montagne, je dois avouer que là, je suis un peu perdu. Une musher, c'est quoi déjà ? questionne Aidan.

> — C'est celui, ou celle en l'occurrence, qui conduit le traîneau tiré par un attelage de chiens.

> — Oh ! *A musher*, reprend-il en pur anglais. *Congrats !* Champagne !

Sam soulève Lou très haut et la fait tourner.

> — Trop bien, ma croquette, je suis fière de toi !

Après avoir servi les autres, Aidan remplit mon verre et le sien en dernier, et – *j'hallucine ou quoi ?* –, l'air

de rien, il se colle à moi. Est-ce le feu dans la grande cheminée qui fait grimper la température dans mon corps à peu près à 50° ou bien il a versé un philtre magique chaud bouillant dans son champagne ?
Au feu les pompiers !
William porte un toast à la santé de toutes les femmes de sa vie, dit-il, June d'abord, son amie de toujours, Lou, sa petite-fille adorée, et même moi qui suis presque comme sa petite-fille adoptive depuis la mort de mon grand-père. L'émotion est palpable. Nous levons nos verres en chœur, et bing, c'est la cata ! Mon verre fait un vol plané et le champagne atterrit direct sur Aidan… *évidemment*. Je ne sais plus où me mettre.

— Oh ! Désolée, dis-je en attrapant nerveusement le tas de serviettes en papier.

Je tamponne maladroitement sa chemise, et dans ma précipitation, je descends jusqu'à son entre-cuisses.
Sérieux ? La honte… Est-ce que je viens vraiment de le toucher ?
Mon regard mortifié se lève vers lui, et pour la première fois je vois vraiment la nuance de ses yeux : whisky avec une pointe de bruyère…
Il me coupe dans ma divagation.

— Tout va bien, Izzie, rien de grave. En revanche, maintenant, on pourrait peut-être se tutoyer, non ?

Il me tend la main pour me relever.
Je ferme les yeux comme dans les films…

j'y crois pas !

Mon cœur cogne tellement fort dans ma poitrine que tout le monde doit l'entendre.
Et surtout lui.

14
AIDAN

5 décembre

Sa main dans la mienne, Izzie se relève presque au ralenti. Les yeux dans les yeux, nous restons un instant suspendus l'un à l'autre, déconnectés des autres. Même le brouhaha de leurs voix paraît lointain.
— À TABLE !!!
Du coin cuisine, l'appel de William retentit soudain comme un coup de sifflet annonçant la mi-temps. Izzie, reprenant ses esprits, retire sa main de la mienne et me file entre les doigts.
— Je viens t'aider.
Cette fille, c'est vraiment quelque chose. Elle me fait penser à un champagne aux bulles fines. Pétillante et fraîche, juste ce qu'il faut, avec un caractère bien trempé dans une sensibilité que je perçois derrière ses réactions. J'avoue que tout à l'heure, son joli minois empourpré, alors qu'elle m'avait à peine effleuré, m'a troublé.
Le dîner se déroule chaleureusement, généreusement. C'est vivant, plein de tendresse et de simplicité.
J'ai le sentiment de faire partie de quelque chose. Je ne sais pas encore quoi, mais je sais que je me sens bien avec ces gens. C'est un peu comme si j'étais du bon côté de la fenêtre, et pas dehors à regarder vivre

les gens heureux. J'ai toujours rêvé d'avoir ce bonheur avec ma famille où l'on ne se parle pas, où l'on se ne comprend pas.

Au moment du départ, sous le porche du chalet, malgré le froid polaire qui pénètre les os, la joyeuse troupe ne parvient pas à se séparer.

> — Oh, Will, tu as déjà suspendu le gui ! Et si on s'embrassait, tous ? En principe c'est le 31, mais le bonheur faut le prendre quand on peut, dit June en soufflant de la buée.

Aussitôt dit, aussitôt fait. Elle donne l'exemple en déposant un petit baiser rapide sur les lèvres de William. Tout ce qu'il y a de plus innocent, néanmoins je remarque le regard un peu étonné et amusé de Izzie et Lou, sur leur grand-parent respectif. Sam et Lou s'embrassent en frère et sœur de cœur. C'est alors que June, toute guillerette, s'exclame :

> — Il ne reste plus que vous.

Mes yeux captent alors ceux de Izzie qui brillent d'une lueur étrange. Elle soutient avec détermination mon regard. Sans que j'aie le temps de respirer, elle me claque la bise sous le gui. *Enfin, elle me claque...* elle pose plutôt délicatement ses lèvres chaudes sur ma joue. *Enfin, ma joue...* le coin de ma bouche. *Vertige.*

Tout le monde rentre chez soi. Sur le chemin du retour, les épisodes par lesquels nous sommes passés ces derniers jours, elle et moi, en mode montagnes russes me reviennent. Je me surprends à sourire tout seul.

Sous mes pas, le crissement de la neige rythme le silence. À cette heure le village est désert et les réverbères déjà éteints par souci d'économie d'énergie. Quelques fenêtres encore éclairées ponctuent la nuit de petits signaux lumineux. Je regarde, songeur, les volutes de fumées sortir des cheminées de pierres et dessiner de gentils fantômes au-dessus des toits. Une demi-lune veille sur ce paysage paisible.

Je ne me suis pas senti aussi serein depuis longtemps. Je respire à pleins poumons. Ce soir, j'ai presque eu l'impression d'avoir une famille. L'idée de fêter Noël dans trois semaines, à nouveau seul dans mon cottage à Inverness, me rend soudain un peu mélancolique.

Afin de ne pas rentrer dans un trip morose, je chope mon téléphone dans la poche de ma parka pour écrire à mon pote Matt.

Mauvaise pioche. La réalité me rattrape. Environ trente notifications non lues, clignotent sur mon écran, dont 28 appels en absence de Victoria + un dernier sms me menaçant « d'envoyer les hélicos si je ne rappelle pas illico ». *Elle en est bien capable.* Cette fois, je ne peux pas y couper. Je n'ai pas d'autre choix que de me confronter à ma productrice. Je la rappelle à contre cœur. Ça sonne dans le vide. J'ai peut-être une chance de tomber sur son répondeur. *Raté !*

> — Bébé, enfin !! J'étais à deux doigts d'appeler les secours alpins, et de faire partir des drones pour te retrouver.
>
> — Ah, je n'aime pas trop l'idée du St Bernard et de son petit tonneau de rhum qui ranime les

morts ! je balance sur un ton moqueur pour qu'elle se calme direct.

Mais elle ne se calme pas du tout, la sangsue !

— J'étais morte d'inquiétude. Veuve à mon âge ? T'imagines le scandale dans la presse people ?

— Veuve ?! C'est quoi ce délire ? Veuve de qui ?

— Comme si tu ne te souvenais pas que tu m'avais demandée en mariage, l'autre nuit.

— Je te l'ai déjà dit, j'étais bourré.

— Ah, ah, très drôle ! Tu ne m'as rien dit du tout ou alors je suis sourde.

Au secours… Vite, changer de sujet :

— Au fait, il y a du nouveau pour le tournage ? Je suppose que c'est pour ça que tu m'as appelé trente fois ?

— Mais pas du tout, je m'en balance du tournage ! On se prend une semaine dans la vue, la belle affaire. Les assurances de mon père sont là pour ça. C'était réglé en deux coups de cuillère à pot.

Même si elle m'apprend que le tournage ne reprendra pas avant la semaine prochaine, je respire, soulagé que tout s'arrange.

Pendant ce temps, elle a déjà enchaîné à un rythme effréné.

— Je t'ai envoyé des mails de propositions pour le plus beau jour de notre vie, j'ai trouvé des lieux de rêve, t'as regardé au moins ?

Pourquoi j'ai la sensation d'halluciner grave ? Chez William, je n'ai pas bu tant que ça, pourtant.

— Aidan, ouh, ouh !

— Euh…

— Tu pourrais montrer un peu plus d'intérêt pour la future madame Naesmith, mon trésor, *my precious*.

— Je te confirme, tu es sourde ! Ou alors tu n'entends vraiment que ce que tu veux.

— Quoi ? Je t'entends très mal. Ça va être le mariage du siècle ! Mon père finance tout. D'ailleurs, j'ai déjà posté une story sur Insta pour l'annoncer.

Ma mâchoire se décroche et les bras m'en tombent. Je rattrape de justesse mon portable avant qu'il ne se noie dans la neige, comme moi dans cette folie. Je n'entends plus que des sons lointains. Elle parle toute seule. Je m'apprête à la faire redescendre sur terre, mais quand je remets mon téléphone à l'oreille, j'ai juste le temps d'entendre :

— …tu ne dois plus capter. Ça va être grandiose. Je m'endors avec toi, sur toi, sous toi et bientôt sous notre toit…

Tut…Tut…ça a coupé. *Elle est malade cette meuf.* Et moi, faut vraiment que je ne me bourre plus jamais la gueule.

Juste avant de tourner la clef dans la serrure, je panique. On ne sait jamais avec Victoria, elle pourrait être dans les parages à me guetter comme une bête à l'affût. Elle est censée être encore à Paris, mais c'est le genre à faire une mauvaise surprise… à poil et à genoux sur la peau de mouton avec une alliance et des menottes. Et ça ne m'excite pas, mais alors pas du tout.

Je referme la porte à double tour. *Ouf, elle n'est pas là.* En pleine paranoïa, j'envoie direct un Whatsapp à Matt.

> **AIDAN : Je me suis mis dans une situation *What the fuck*, mec, je ne te raconte même pas tellement ça craint.**
>
> **MATT : Tu vas pouvoir tout me raconter tranquillement, je débarque ce week-end.**
>
> **AIDAN : Yeah ! Génial mon pote, tu ne pouvais pas mieux tomber.**

Malgré cette super nouvelle, impossible de dormir. La mante religieuse a presque réussi à gâcher le beau moment que j'ai passé chez William. Afin de ne pas me laisser complètement dévorer, je me repasse le film de la soirée avec son héroïne, les joues roses de confusion, quand sa main délicieusement maladroite s'est attardée sur moi pour essuyer le champagne.

La vilaine sorcière Victoria explose en vol, chassée par la magie d'une adorable lutine…

15
IZZIE

6 décembre

Je dispose les pommes de pin pailletées, les clémentines piquées de clous de girofle et j'allume les petits photophores sur chaque table. Tout est prêt pour les premiers clients.
— Bonjour, bienvenue au *Cottage Café*.
— *Grazie*. On peut… *Amore, comé si dice il camino**1 ?
— Cette table *vicino**2 à la cheminée ?
Je suis touchée d'accueillir ce vieux couple d'Italiens visiblement toujours amoureux. Ils se tiennent par la main peut-être depuis cinquante ans… Mon idéal !
— Oui, bien sûr, je vous en prie. Voici la carte. Le petit-déjeuner du jour : brioche maison, chocolat chaud chantilly/chamallow.
— *Non ho capito, ma ok**3.
— Perfecto.

Mon « italien » bricolo les fait sourire. Aujourd'hui, je suis dans une forme éclatante. Après la soirée chez William, j'ai dormi profondément et j'ai rêvé… une main tendre empoignait mes cheveux, l'autre parcourait mon corps, s'immisçait partout…
Oh, relax, Iz, relax. Quel rêve ! Waouh ! Concentre-toi Izzie, concentre-toi !

Ce n'est pas le moment de rêvasser. D'autres clients arrivent déjà.

Toute la matinée, ça n'arrête pas, je cours dans tous les sens. La réputation du café n'est plus à faire. Depuis des décennies, les gens adorent y venir pour son ambiance cocooning, son coin du feu, ses livres qui fleurissent sur les étagères, ses mugs aux couleurs de Noël et sa cuisine maison.
Je n'ai pas vu l'heure tourner, et ici les gens déjeunent tôt.

— Il y a pas mal de touristes cette année, non ? dis-je, en préparant une planche mixte.
— Je suis à toi dans une minute, ma chérie, je termine, me répond June, concentrée à écrire les menus de la semaine prochaine sur son cahier d'écolière avec la liste des courses à faire.

Quand je pense qu'hier j'ai évoqué l'idée qu'elle se repose au chalet, ce n'est pas un refus que j'ai essuyé mais carrément une tempête. Elle préfère de loin être dans l'action de son café plutôt que de ne rien faire, je cite « je me reposerai quand je serai morte ». Aussi loin que je me souvienne, elle a toujours été hyperactive. « Elle nous enterrera tous ! », disait Papi Jacques.

— Tu disais, Izzie ?
— Les touristes, mamie.

Je me dépêche d'apporter les commandes de table en table. Quand je reviens, June enchaîne :

— Moi, en tout cas, je suis bien contente

qu'ils reviennent après cette vilaine pandémie.

— Heureusement que tout le monde ne choisit pas de passer ses vacances de Noël en Thaïlande…

— Izzie ! Tes parents ont bien mérité de s'offrir un beau voyage pour fêter leur départ en retraite.

— Oui, oui… je plaisante. Même si je regrette qu'on ne soit pas tous ensemble pour les fêtes, je suis contente pour eux.

Mais qui est de retour ? Mon adorable petit couple d'Italiens, pour déjeuner cette fois. Je leur propose le plat du jour qui sonne comme du chinois pour eux.

— Croziflette ?

— Un plat typique de notre région… petite « pasta », jambon et… « fromagio delicioso »!

Le joyeux bourdonnement du café me réjouit. Tout roule à merveille. Les petits s'amusent et dessinent avec le matériel toujours à disposition pour eux, la machine à café pète pour faire mousser les boissons chaudes, et la playlist de jazz, *Winter is coming*, donne à cette ambiance si chaleureuse un avant-goût de Noël comme j'aime.

Un peu plus tard, la porte carillonne. Martin le facteur passe la tête dans l'entrebâillement.

— Content de te revoir, June. Désolé, je suis très en retard, je pose ton courrier là. Bonne après-midi, les filles !

June va aussitôt récupérer ses lettres et pousse un petit cri tout excité.
— Ah !!! Regarde ce qui est arrivé pour toi…
Elle brandit une grande enveloppe kraft.
— Oh, je crois que je devine ce que c'est !

D'habitude quand je débarque de Londres le 24 décembre, j'ouvre d'un coup toutes les cases du calendrier de l'Avent, acheté rituellement sur Internet par ma grand-mère. Mais cette année, c'est différent. Je vais pouvoir les ouvrir jour par jour jusqu'à mon retour à Londres... C'est incroyable comme le temps passe vite. Il faut que je rentre la semaine prochaine. J'ai déjà bien tiré sur la corde.
Mais je suis là, profitons de l'instant présent. Je décachète l'enveloppe et mes yeux s'écarquillent. June, qui ne manque pas d'imagination, a de nouveau fait fort.
— Il n'y a vraiment que toi pour trouver une idée pareille, je m'esclaffe devant le calendrier de l'Avent… Kamasutra !
Derrière la petite fenêtre du jour je découvre, dans tous les sens du terme, la « position de l'épicurien*4 ».
— Tiens, je ne la connais pas celle-là.
— Mamie !!...
— Allez, vas-y, lis le message qui va avec, s'impatiente-t-elle.
« – 6 décembre – Jour du OUI ! On se lâche ! »
June glousse. Elle est vraiment incroyable.
Le café est désormais vide. Il fait nuit et il neige. Je vais et je viens entre la salle et la cuisine pour finir de

ranger. J'ai interdit à June de m'aider et pour une fois elle m'a écoutée et s'est plongée dans un de ses romans d'amour qu'elle affectionne tant.

— Un jour, tu liras un des miens, Mamie !
— J'y compte bien, je l'attends avec impatience. Je suis ta première fan pour tout, tu sais bien.
— Je sais, mon p'tit poussin.

Il ne me reste plus qu'à nettoyer la cuisine. J'entends la voix de ma grand-mère qui insiste lourdement.

— Tu en es où d'ailleurs ? lance-t-elle.

Sacré June ! Elle a toujours le bon mot pour vous pousser dans vos retranchements.

— Figure-toi que l'air de la montagne m'inspire particulièrement.
— Mais oui, c'est ça, l'air de la montagne... chantonne-t-elle.

Comme pour répondre à sa petite ironie, la porte s'ouvre sur un courant d'air froid.

— Ouh, fermez vite, ou on va tous se transformer en petit glaçon, crie June.
— Oh, pardon.

À quatre pattes devant le four, je me fige en entendant la voix grave de l'objet de mes fantasmes nocturnes. Mon pouls s'accélère soudain. Mon cœur pulse à cent mille.

— Bonsoir June, vous allez bien ?
— Ça va très bien, mon Écossais préféré. Quel bon vent vous amène ?
— Comme je suis au chômage technique en attendant la reprise du tournage, j'ai préparé

des spécialités écossaises pour vous les faire goûter.

— Comme c'est gentil, Aidan. Mais personnellement, je n'ai pas encore tout à fait digéré le dîner d'hier soir chez William. Surtout ne lui dites-pas, chuchote-t-elle. En revanche… Izzie, crie-t-elle, viens !

À l'aide ! Merci mamie. Qu'est-ce-que je vais faire maintenant ?

J'enlève mon tablier et sors de derrière les fourneaux, rouge comme le pompon du bonnet de la lutine. Nos regards se croisent à peine, mais suffisamment pour ouvrir mes chakras, comme dirait Sam.

— Bonsoir Izzie.

— Euh, bonsoir…, dis-je en avalant ma salive, la gorge soudain sèche.

— Même si je ne viens pas, dit June, laissez-moi au moins vous offrir une bouteille. Vous la boirez à ma santé, tous les deux.

— Mamie, je ne vais pas te laisser passer la soirée toute seule.

— Oh bah, moi c'est très simple, ça va être tricot dodo.

Panique à bord !

— Non, non, Mamie, je reste avec toi.

Je la vois derrière le comptoir qui me montre le message du calendrier de l'Avent : ***Jour du OUI !*** Elle revient et colle la bouteille dans les mains d'Aidan qui proteste.

— Si, si, j'y tiens, je vous dois bien ça. Allez Izzie, vas-y, je finirai.
Elle est incorrigible.
Je suis à la fois excitée et flippée. June s'agite encore derrière Aidan en me faisant oui de la tête, comme un *lucky cat**5.
— Alors, demande Aidan d'une voix horriblement douce, ça te dit ?
Je prends alors une grande inspiration.
— Oui.

---

*1 Amour, comment dit-on cheminée ?
*2 À côté
*3 Je n'ai pas compris, mais ok.
*4 Si vous voulez en savoir plus, internet vous dira tout ;).
*5 Figurine porte bonheur chinoise qui agite le bras.

16
AIDAN

6 décembre

— Ouiii !

Le oui de June ne cache pas sa joie, contrairement à celui d'Izzie à peine audible... En deux secondes, sa grand-mère lui a déjà collé sa doudoune sur les épaules et enfoncé son bonnet sur la tête. L'air malicieux, elle nous pousse gentiment dehors.

— Regardez les flocons, c'est comme une pluie d'étoiles, que c'est romantique.

Cette chère June n'en loupe décidément pas une.

Drelin drelin, elle a déjà refermé la porte derrière nous ! Mi-amusés, mi-gênés, nous échangeons un bref regard.

Le chemin à travers les sapins blancs pour rejoindre mon chalet a été recouvert d'une neige fraîche qui tombe encore un peu. On dirait que nous sommes les premiers à y laisser une trace. Tous les trois pas, un détecteur lumineux éclaire la pénombre. Je vois Izzie remonter son écharpe le plus haut possible et je remarque le bout de son nez rouge de froid. Ça m'avait déjà attendri le jour du Père Noël. *Est-ce que la lutine aurait aussi les pieds froids au lit ?*

Nous marchons, accompagnés par le doux hululement d'une chouette. Il ne neige plus. Izzie rompt le silence entre nous.

— Il paraît que si on caresse une chouette de la main du cœur, ça porte bonheur.

— C'est quoi la main du cœur ?

Elle agite la main comme la reine d'Angleterre saluant son bon peuple.

— Bah, la main gauche.

— Ça tombe bien, je suis gaucher.

Je fais exactement le même geste qu'elle. On dirait un sketch des Monty Python, et ça nous fait sourire.

— Est-ce que tu l'as déjà fait ?

Elle me regarde l'air perplexe.

— … Fait quoi ?

— Caresser une chouette avec la main de ton cœur.

— Oui, quand j'étais petite. June avait recueilli un bébé chouette tombé du nid, mais on lui a vite redonné sa liberté. Depuis, c'est mon animal totem. J'aime bien l'idée d'un oiseau de nuit un peu indomptable.

Comme toi, Izzie…

— Oh, regarde !

Je montre du doigt une demi-lune qui apparaît accrochée à la montagne dans un halo de nuages.

Soudain, Izzie s'allonge dans la poudreuse, les quatre membres écartés.

— Qu'est-ce que tu fais ?

Elle bouge lentement ses jambes et ses bras de haut en bas comme si elle voulait imprimer une trace.

— Je fais l'ange. Les ailes et la robe. Un truc

radical pour se détendre.
Elle me fait penser à une étoile de mer, enfin de neige.

Ni une ni deux, comme elle je me laisse tomber à la renverse. C'est étrange d'être étendu si près d'elle… et en même temps étrangement naturel. Je suis parfaitement dans le moment présent, ici et maintenant avec elle.
— T'as raison, ça marche ton truc.
Je l'entends étouffer un petit rire.
— Pourquoi ? T'étais tendu ?
Vite, trouver la réplique.
— Pas plus que toi.
À ce moment-là, je sens nos doigts qui se frôlent dans la neige…

17
AIDAN

6 décembre

    Izzie a vite rompu le charme et s'est relevé d'un petit bond de cabri. Elle a prétexté avoir froid et faim. Si ça n'avait tenu qu'à moi, je l'aurais réchauffée sur place. Mais elle s'était déjà mise en chemin…

Devant le feu qui crépite, Izzie est maintenant assise en tailleur sur la peau de mouton. De la cuisine américaine où le plat mijote, je la regarde à la dérobée.
    — Tu te réchauffes ?
    — Il fait bon chez toi.
Elle retire son pull dans un geste gracieux. C'est assez séduisant… Ses boucles châtains caressent la peau de sa nuque.
Je nous sers deux verres de whisky de ma région. En prévision de la fête de fin de tournage, j'avais apporté des munitions, ça tombe bien.
    — Pour accompagner le Haggis, il faut au moins un Talisker.
    — C'est du chinois ? dit-elle en riant.
    — De l'écossais.
    — Je m'en doute.
    — Le Talisker c'est le meilleur whisky tourbé

du monde. *Sláinte* ! C'est ce qu'on dit chez moi quand on trinque, ça veut dire santé.

— Ici on dit « à la belle vie ! »

— Alors… à la belle vie, Izzie.

Un sourire au coin des yeux, nous levons nos verres. Elle sirote son whisky avec plaisir. Je dépose deux assiettes sur la table basse. Je ne vais peut-être pas lui avouer tout de suite que c'est de la panse de brebis, pas sûre qu'elle apprécierait autant.

— Et voilà le Haggis.

— Ah... c'est quoi exactement ?

— Euh, c'est une sorte de…

— Ça ressemble au hachis parmentier.

— Exactement, à la mode écossaise.

Elle goûte et ses yeux s'écarquillent.

— Y'a beaucoup de poivre.

— T'es pas obligée d'aimer.

— Je sais. Mais j'aime bien…

Je sens qu'elle se force quand même un petit peu et, pour faire passer, me demande un deuxième verre de whisky.

— Alors comme ça tu aimes cuisiner ?

— J'aime bien, oui. J'ai appris tout seul parce que mes parents n'avaient pas le temps de penser à ça. C'était toujours *fish n'chips*, pizza, surgelés. Un jour j'en ai eu marre et j'ai acheté un livre de recettes.

— Ah carrément !

— Et toi ?

—Moi j'ai appris avec June au café, parce que moi c'était pareil, mes parents bossaient comme des dingues.

— Je me suis toujours dit qu'avec mes enfants, je ne ferai pas la même chose.

— T'as des enfants ?

— Pas encore.

— Moi non plus. Mais j'aimerais bien en avoir au moins deux, parce que je suis fille unique.

— Idem !

Nous partageons un silence complice. Izzie finit son deuxième verre allègrement.

— Je dois avoir les joues toute rouges.

— Juste roses, ça te va très bien.

— Tu vivais ici avant d'habiter à Londres ?

— Seulement pendant les vacances.

— Autrement à Paris.

— Et au fait, tu fais quoi ?

— Pff, rien d'intéressant… en attendant de vivre de ma plume.

— Un écrivain…

— Une autrice, précise-t-elle. Mais je n'en suis pas encore là.

Sa modestie me touche. Plus j'en découvre sur elle et plus elle me fait fondre.

— Parfois ça prend du temps de réaliser ses rêves, Izzie. Mais si on s'accroche, alors tout est possible. Moi non plus ce n'est pas venu comme ça.

— C'est gentil de me dire ça.

— Non, c'est vrai.

— Je voulais te dire… je me suis trompée sur toi.

— À ta place, moi aussi j'aurais pensé que j'étais un gros con.

— À vrai dire, j'étais plutôt parti sur enfoiré, mal élevé et prétentieux.

— Eh ben, me voilà décoré pour Noël.

Nous rions doucement de concert. Je nous ressers à boire, elle me freine d'abord de la main, puis :

— Oh ! Qu'est ce qui peut m'arriver de toute façon ? Au pire j'irai courir toute nue jusqu'au jacuzzi que j'ai repéré sur la terrasse.

Elle plaque sa main sur sa bouche pour se faire taire.

— Tu vois je suis déjà pompette ! Ça ne me ressemble pas du tout de dire des choses comme ça.

— Respire, tout va bien. Je n'ai encore jamais essayé le jacuzzi, mais j'aimerais bien…

Je ne la quitte pas des yeux. Cette fois, elle rougit vraiment.

— Tu es très jolie, Izzie.

Elle se mord doucement la lèvre inférieure.

— Tu n'es pas mal non plus… Aidan.

18
IZZIE

6 décembre

La façon qu'il a eu de prononcer mon prénom m'a fait doucement frissonner et, j'avoue, c'était délicieux. L'atmosphère est chaude comme dans mon rêve. Je sens que nous sommes bien, de mieux en mieux même. Dans son regard prévenant, je lis une demande d'approbation qui me touche. D'un doigt timide, j'effleure sa joue. Il poursuit mon geste en dessinant le contour de mes lèvres. Je frémis sans bouger, mais je sens mes tétons qui pointent sous mon pull. Forcément, il va s'en rendre compte. En même temps, je meurs d'envie de l'embrasser.
Comme s'il lisait dans mes pensées, je sens son corps qui s'approche. *Ce mec me rend folle.* Soudain, comme s'il allait me brûler, je me recule.

— J'aime le crépitement des flammes... c'est magique.

Qui parle ? Non, mais n'importe quoi, Izzie. D'ailleurs, c'est ce qu'il doit penser vu sa tête.

— Magique, dit-il en souriant, une vraie petite musique de nuit ce feu.

Bah flûte, qu'est-ce qu'il fait ?
Bon d'accord, moi je me suis reculée de deux centimètres, j'ai fait une mini marche arrière, peut-être, mais lui il se lève carrément... peut-être, mais

lui il se lève carrément… pour aller farfouiller son smartphone. *Sérieusement* ? J'avais pourtant l'impression que c'était le début d'un moment un peu spécial. Aidan revient vers moi tandis que s'élève un air de violon.

— Je connais ça…
— C'est la petite musique de nuit de Mozart.
— Incroyable. Je crois que c'est la première musique classique que j'ai entendue dans ma vie.

Un silence plein d'émotion partagée semble flotter entre nous. *Je n'en reviens pas d'être en plein fantasme. Non, là, je ne rêve plus. On y est !* Dans un même mouvement imperceptible, nos bouches se rapprochent comme aimantées, nos souffles s'emmêlent et nos lèvres se rencontrent, se trouvent enfin dans le plus doux des baisers.

19
AIDAN

6 décembre

Tandis que le piano de Mozart nous accompagne de son tempo délicat, ma langue exigeante cherche la sienne et j'entends un petit gémissement de sa part qui attise encore davantage mon désir. Elle a visiblement autant envie de la suite que moi. Nous n'arrêtons plus de nous embrasser comme si nous n'avions pas d'autre choix, comme si c'était vital.

Je passe une main sous son tee-shirt. Mes doigts glissent sur sa peau incroyablement douce. Elle se met à caresser mon oreille avec sa langue. C'est terriblement sensuel et me pousse à exciter de mes mains impatientes ses petits seins fermes aux tétons dressés. Cette fois, elle gémit vraiment.

Tout à coup, elle me renverse sur la peau de mouton et déboutonne mon jean. Elle a été plus rapide que moi ! Je sens sa main fébrile se frayer un passage jusqu'à mon sexe en érection. Je ne m'attendais pas à ce qu'elle prenne les choses en main à ce point, *c'est le cas de le dire*, et c'est plus qu'agréable, presque trop. Son regard sur moi est ardent.

— Izzie, stop, attends !

— Trop tard, Aidan, me susurre-t-elle sur un ton audacieux.

20
IZZIE

6 décembre

Ce soir je dis OUI.
OUI à la vie et OUI au sexe.

Sans perdre une seconde, je m'empare de sa queue.
Oh my God, c'est déjà Noël ! Je commence à le caresser le plus lentement possible. Son sexe turgescent – qui a l'air moulé spécialement pour le mien – est chaud bouillant. *Et moi aussi, mamma mia!* La peau fine que je fais monter et descendre dans ma main moite est tendue à l'extrême. La tension sexuelle grimpe, j'ai l'impression qu'il va exploser. Il pose soudain sa main sur la mienne arrêtant mon élan de son geste et de sa voix de mâle sexy en diable.
— On a tout le temps, Izzie…
Je vois dans ses yeux bruns dorés un éclat pénétrant qui affole mon corps qu'il bascule à la fois avec force et douceur. Ses lèvres fondent sur les miennes. Je me retrouve sur le dos, Aidan contre mon flanc. Sa main alerte se faufile jusqu'à mon entrejambe. Ses doigts habiles découvrent petit à petit mon sexe offert avant de se focaliser sur mon « bouton top départ ».
Oh my God, après Noël, c'est la Saint Sylvestre !

Son pouce s'affaire à me procurer un plaisir inouï. Il me caresse avec plus de fougue et, cette fois, c'est moi qui l'arrête. Je suis trempée.

— Doucement…
On va attendre un peu pour le feu d'artifice du 14 Juillet !
Il me regarde comme si j'étais la huitième merveille du monde, et le sourire que nous échangeons achève de me rendre accro. Je voudrais que cette soirée ne se finisse jamais. De concert, nous faisons valser toutes les couches de tissu superflu. Se retrouver nus, peau contre peau, à la lumière du feu, quel cadeau ! Comme s'il m'avait entendue penser, Aidan murmure :
— Tu es magnifique.
Et toi tu es magnifuck ! Iz !!! calme-toi.
— Tu n'as pas froid ?
— Pas dans les bras du Père Noël.
— Ma p'tite lutine…
Nous nous étreignons fort. Je me perds dans ses yeux. Son odeur m'enivre. Je sens son empressement contre moi. Sa bouche se soude à la mienne. En même temps, il tâtonne vers son jean pour en tirer un préservatif. Il déchire avec ses dents la pochette argentée.
— Toujours prêt à ce que je vois… ?
— J'espérais plutôt… que tu voudrais bien de moi.
Je lui souris. Et tout d'un coup des mots sortent comme une évidence de ma bouche.

— Je te veux en moi. Au plus profond de moi.

Je le sens, je le sais, nous allons nous perdre l'un dans l'autre. Il rapproche mon bassin de lui, attrape mes reins et me pénètre enfin, d'abord en douceur puis de plus en plus profondément. J'enroule mes jambes autour de sa taille et le serre de tous mes muscles, extérieur et intérieur confondus. Nous ne faisons plus qu'un. Nos respirations s'accélèrent. Maintenant, il percute encore plus fort son corps contre le mien en accélérant la cadence. Nos corps se répondent et s'accordent comme s'ils se connaissaient depuis toujours. Nos langues, nos lèvres, nos souffles s'entremêlent. Dans un mouvement puissant, il me soulève dans ses bras musclés et me colle contre le mur. Sa langue se coule partout, ma bouche, mes yeux, mon cou, descend sur mes seins qu'il suce… Je chavire, je ne sais plus où je suis, je sais seulement que je sens notre jouissance monter crescendo. Il va et vient si profondément en moi que j'ai l'impression que son sexe va me transpercer. C'est brûlant, humide, et libérateur d'un plaisir fou. Je me liquéfie jusque dans mes larmes d'extase qu'il vient recueillir du bout de la langue. Nos corps dansent ensemble le final vertigineux du plus grandiose des ballets. Le même cri rauque nous traverse de part en part. Je m'agrippe à ses épaules tandis que nous explosons dans une jouissance absolue, sans retenue, sans pudeur et sans complexe, qui nous emporte dans un tourbillon sans fin.

À cet instant précis, plus rien d'autre n'existe au monde, rien que nous, tels que nous sommes, un homme et une femme, Izzie et Aidan…
Aidan avec un grand A comme Amour ?

21
IZZIE

7 décembre

Je n'ose pas ouvrir les yeux.
J'ai rêvé ou je viens de passer une nuit de folie ?
Je tâtonne le drap sur ma gauche... Il est bien là !
Je n'ai pas tout imaginé ! Merci Santa Claus.
Je peux me réveiller tranquille, je suis dans la vraie vie. La mienne.
Mon sexy snowy lover... Merci le Kamasutra du calendrier de l'Avent !
Je me demande ce que la case du jour me réserve. Peut-être « *vous allez vivre la journée la plus délicieuse qui soit avec l'homme le plus hot des montagnes* ».
Par la fenêtre, j'aperçois la neige qui scintille sous le soleil, c'est féérique. À vue d'œil, il doit être... au moins dix heures ! Flûte de flûte, j'ai complètement oublié le boulot. J'attrape mon portable.

IZZIE : Mon p'tit poussin, je suis un peu en retard, mais j'arrive 🖤 🖤 🖤

La réponse arrive immédiatement, comme si June s'attendait à recevoir mon message.

JUNE : Prends tout ton temps, ma chérie. Je gère. J'espère que le calendrier a tenu ses promesses, et que tu as passé une belle nuit, 🖤 😊 😉

Quelle coquine ! Malgré ses 81 automnes (elle est née le 31 octobre), elle reste une jeune fille en fleurs.

IZZIE : Je l'adore ton calendrier, Mamie... et toi aussi je t'adore. À tout à l'heure. 🖤

Je serais bien restée ici toute la journée, bien au chaud dans les bras de mon bûcheron des alpages. Et on aurait continué encore et encore, jusqu'à épuisement total.
Je remarque, amusée, que je n'ai même pas mal à la tête. Ce qui est franchement surprenant, vu la quantité de whisky que j'ai bu hier soir, contrairement à mon habitude.
Je me blottis contre son dos musclé, ses belles fesses viennent s'emboîter dans le creux de mon ventre, ranimant illico les papillons assoupis du désir. Ça le fait aussitôt onduler et je me colle encore plus à lui.

— On en veut encore, Mademoiselle l'insatiable ?

Sa voix ensommeillée, mais enjôleuse me chatouille agréablement.

— Bonjour bel inconnu, je lui murmure à l'oreille.

— *Morning sunshine*, dit-il en se retournant, sa queue bandée qu'il plaque tout contre moi.

Je sens nos désirs s'accorder instantanément et nos corps prêts à repartir pour un nouveau tour de piste.
Il picore ma bouche et entre chaque baiser, j'essaye de parler.

— Pour répondre à votre question, je pensais..

tester les 50… nuances d'Écossais.

— Pas mal comme programme. Mais il faudrait plusieurs jours, voire même jusqu'à Noël pour en faire le tour… et plus si affinités.

On se regarde jusqu'au fond des yeux, sans bouger. Et puis on roule l'un sur l'autre en s'embrassant langoureusement jusqu'à ce que je me redresse sur lui, à genoux sur son sexe qui m'appelle. Il soulève alors mes fesses et m'attire vers sa bouche.

Oh my God, ça va être ma fête !

Entreprenant, le voilà parti à la conquête de « Saint Cunilingus », avec ses petits coups de langue gourmands sur mon clitoris qui s'affole. Ses mains attrapent mes seins pour les pétrir, les exciter, tandis que ses yeux se lèvent vers moi, quêtant mon plaisir.

Tout va bien, Santa Claus, tu lutines très bien ta lutine.

Je dégouline, je plane, j'oublie tout le reste. Il commence à me sucer. Et alors, là, je ne réponds plus de rien.

C'est la prise de la Bastille à l'intérieur de ma caverne d'Ali Baba !

Ça se contracte de plus en plus, je me tends toute entière. Il fait vibrer mes fesses avec ses mains et soudain me pénètre complètement avec sa langue dure et chaude.

Je pourrais faire ça toute ma vie. Qu'est-ce que j'aime faire l'amour avec lui, c'est indécent.

Mon cœur va me lâcher, ce n'est pas possible autrement. Il me dévore, me baise littéralement avec sa bouche. Je me cambre et suis prise de secousses, me retiens au mur pour ne pas m'évanouir et j'explose enfin dans une jouissance libératrice.

— Mon pirate…

— Mon trésor… tu es tellement belle.

De nouveau, sa langue s'enroule, doucement cette fois, sur mon intimité – dont il a trouvé la clef –, tandis que mon sexe ne cesse de palpiter et de se convulser de plaisir.

— Izzie… je crois que je suis en train de tomber…

Mais il ne finit pas sa phrase. Il est coupé par la sonnette de la porte, suivie d'une voix féminine stridente.

— Aidan ?... Aidan ?... Chériiii !

22
AIDAN

7 décembre

— C'est une blague ?!
— J'allais dire la même chose, renchérit Izzie en émergeant de la couette, sidérée.
Elle dégaine un regard revolver.
— Tu aurais pu me dire avant que tu avais quelqu'un.
Je n'ai qu'une envie, la serrer dans mes bras, lui dire que c'est un affreux malentendu, et que je suis en train de tomber fou amoureux d'elle. Mais vu l'ambiance, elle ne me croirait évidemment pas. Donc, lâchement, je sors du lit et enfile un jean plus vite que jamais.
— C'est ma productrice.
— Ta productrice elle t'appelle chéri ?
— Dans mon milieu tout le monde s'appelle comme ça.
— Elle ne peut pas te donner rendez-vous dans un bureau comme tout le monde ?
La voix perçante en remet une couche qui traverse les murs.
— Darling ! C'est moi, ta petite fiancée. Le type de l'hôtel m'a dit que tu étais chez toi.
— Ta productrice, mon cul !
Même si elle a repris le ton tranchant de notre rencon-

tre, je vois bien qu'elle est bouleversée, et ça me bouleverse tout autant, mais je n'ai pas le choix et je réponds à Victoria.
> — J'arriiive !

Comme une fusée je file au salon et ramène à Izzie ses affaires que je lui fourre dans les bras.
> — Je suis désolé, il faut absolument que tu partes.
> — Quoi ????
> — Je n'ai vraiment pas le temps de t'expliquer maintenant, mais tu dois passer par la fenêtre, je suis vraiment, vraiment désolé.
> — Tu te fous de moi !!

Elle me regarde, interloquée, tout en se rhabillant.
> — Je te jure que non, il faut que tu me croies.
> — Alors ça, c'est pas gagné.

Même en colère, je la trouve belle.

Me devançant, elle ouvre la fenêtre qu'elle enjambe, avec souplesse, je ne peux m'empêcher de le remarquer.

Izzie se retourne une dernière fois et le regard noir qu'elle me lance me serre le cœur.
> — Je sais que ça a l'air complètement dingue, mais je t'en supplie, fais-moi confiance.

En guise de réponse, elle lève son majeur.
> — *Fuck you* !

23
IZZIE

7 décembre

— *Fuck you* !

Je m'éloigne rapidement de son chalet de malheur en maugréant, il faut que ça sorte.

— Le salaud. Quel vaudeville ridicule. « Ciel, ma femme ! », enfin plutôt « ta petite fiancée », je crache presque en caricaturant la voix insupportable de l'autre pétasse.

Tu t'es bien fait avoir, Iz. T'aurais dû rester sur ta première impression. Enfoiré un jour, enfoiré toujours.

— Tu peux toujours courir pour les câlins coquins, les 50 nuances, mon cul oui, Aidan le queutard !

— Bah alors, Izzie, tu parles toute seule ?

Évidemment il fallait que je tombe sur les deux pipelettes du village. Elles pouffent de rire.

— Elle fait comme les vieilles, dit Charlotte.

— Elle fait comme nous, reprend Marguerite.

Je dois absolument trouver quelque chose à leur mettre sous la dent. Surtout ne pas leur montrer que ça ne va pas, que je me sens humiliée et que j'ai envie de pleurer.

— Oui, oui, je viens d'avoir une idée. J'étais en train de jouer à voix haute la prochaine scène de mon roman. D'ailleurs il faut que je file l'écrire avant de l'oublier. Bonne journée les jumelles !

Je fonce à l'hôtel. Mon meilleur ami est le seul à pouvoir me réconforter. Vu la boule de nerfs que je suis, j'ai besoin d'un sas de décompression avant d'aller travailler au café.

— Izzie, ça va ? T'as une drôle de tête.

Je sens que je ne vais pas pouvoir me retenir plus longtemps. Mon cœur blessé, épuisé par ce yoyo d'émotions, finit par craquer. Sam m'entraîne dans son bureau où mes larmes peuvent enfin se libérer. Après une demi boîte de kleenex, je parviens à lui raconter presque tout.

— Bref. C'est le destin qui s'acharne contre moi. Décidément, je n'ai vraiment pas de bol.

— Mais non, arrête. Toi, ma poulette, tu es le soleil de Montriond, de Londres, de Paris et de toute sa petite couronne.

— Tu parles, je suis la reine des connes, oui !

Dans l'élan, je me redresse l'air déterminé. Je vais direct sur l'ordinateur de Sam.

— Qu'est-ce que tu fais ?

— De toute façon il fallait que je retourne à Londres. Comme ça, j'aurai moins de regret.

24
AIDAN

7 décembre

La rancune que j'ai lue dans le regard d'Izzie et ses mots de colère m'ont piétiné le cœur. Quel lâche de l'avoir poussée bassement à s'enfuir. Même si je m'en veux à mort, je ne veux pas risquer que par folle jalousie Victoria me laisse tomber pour mon film. Je suis maintenant condamné à faire disparaître, en moins de temps qu'il n'en faut pour le dire, toute trace de la veille.

À peine ai-je ouvert la porte que Victoria, plus blonde oxygénée que jamais, me saute dessus comme la misère sur le pauvre monde.
— *Baby* ! Surprise ! T'en as mis du temps.

Rétrospectivement quand j'y pense, j'ai du mal à y croire. En une seconde, quand sa voix perçante a brisé notre jouissance, la réalité magique s'est transformée en horrible cauchemar.

— Je n'en pouvais plus d'attendre à Paris, fallait absolument que je vienne te retrouver.

Elle accompagne ses petits cris hystériques d'un geste exaspérant qui consiste à me pincer les joues comme on ferait à un gros bébé. On nage en plein tragi-comique. Je sens la veine de mon front se gonfler et j'explose.

> — Tu fais chier, putain ! Je te l'ai déjà dit plein de fois : toi et moi, ça n'existe pas. Arrête cette comédie. On travaille ensemble, point barre.

> — Ouh là, là, quelqu'un s'est levé du mauvais pied ce matin on dirait. Je vais te faire un bon café, ça te fera du bien mon chéri. On a du café quelque part ?

> — Il n'y a pas de mon chéri et il n'y a pas de ON ! Tes valises et toi, c'est direction l'hôtel.

Elle se fige un instant, mais très vite reprend le dessus avec un petit air bizarre.

> — D'accord mon chéri, oups pardon, pas mon chéri… d'accord tout court.

Elle accepte bien facilement de se soumettre. Qu'est-ce qu'elle manigance encore ?

> — J'ai vu un jacuzzi dehors, allons-y, ça va te détendre.

Ce jacuzzi…Izzie…

C'est le mot de trop. Je décroche ma parka, j'enfile mes chaussures sans les lacer, attrape son énorme valise Vuitton. Elle se glisse devant la porte.

> — Ok, ok, pas de bains à remous aujourd'hui. J'ai d'autres idées pour te relaxer avant la chambre à part, me dit-elle avec un clin d'œil.

> — Il faut vraiment que t'arrêtes ce délire.

> — T'es pas drôle ce matin. Pourtant, va falloir que tu te calmes. Je te rappelle qu'on a un film

à faire et que le tournage reprend incessamment sous peu.

Si seulement j'avais la force (et les couilles) de me passer d'elle, de son père et de leur putain de fric de merde pour mon documentaire !

Tout le long du chemin, je me traîne sa malle comme un boulet qui pèse tout le poids de mes conneries, tandis qu'elle se dandine dans sa doudoune dorée. Des enfants de l'école de ski descendent la petite piste à toute allure. Un petit casse-cou évite Victoria de justesse.

— Quelle plaie tous ces gosses !

Encore un mot et je l'accroche par les pieds au télésiège de William. D'un geste las, je le salue au passage. Forcément, il lorgne Victoria qui détonne tellement dans le paysage avec sa tenue moulante de bimbo.

— Bonjour Aidan, bonjour… Mademoiselle.
— Bientôt Madame…

Je la coupe vite fait avant qu'elle ne dise n'importe quoi.

— Victoria, ma productrice, je l'accompagne à l'hôtel.

Un peu plus loin, un couple d'amoureux descend du traîneau de Lou. Elle m'envoie un bisou du bout des doigts.

— C'est qui cette greluche blondasse qui se prend pour Jean Seberg*[1] ?

— Ce n'est pas une greluche. C'est Lou, la musher du village.
— Hein ??
— Laisse tomber.

Izzie et Sam sortent de l'hôtel au moment précis où nous arrivons devant. *Aïe, mauvais timing.* Ça me donne mal au ventre. Ses yeux semblent ne pas me voir. En revanche, elle fixe Victoria, l'air atterré. Je remarque évidemment qu'elle a pleuré. Mon cœur se serre. Je me racle la gorge.

— Salut Sam.

Il ne répond pas et me fait à peine un signe de la tête.
Je me doute bien qu'Izzie a dû tout lui raconter. *Gros malaise.*

— Bon. Puisqu'Aidan ne daigne pas me présenter, je m'en occupe moi-même : Mademoiselle Victoria Lagardon, et bientôt Madame…

Elle ne va pas me faire le coup à chaque fois, la garce!
En la coupant, j'insiste :

— Sam, dis-moi qu'il te reste une chambre pour ma productrice.

— Je regrette, mais…

— Dans les bons hôtels, on garde toujours une chambre pour les VIP au cas où, réplique Victoria sûre d'elle en se prenant pour une star.

— Malheureusement, on n'est pas au Ritz ici, Mademoiselle, c'est un petit hôtel familial que toute l'équipe du film occupe, du reste.

— Merci, je suis au courant, c'est MON équipe. Bonjour l'accueil, je ne vous ferai pas...

Personne ne l'écoute. On a tous tourné la tête vers un taxi qui se gare devant l'hôtel. Le lumineux sur le toit de la voiture affiche le drapeau suisse.

La portière arrière s'ouvre. Tout le monde reste bouche-bée devant mon *Highlander* préféré. Avec ses cheveux longs en bataille et ses tatouages en pagaille, comme d'habitude le beau Matthew fait sensation.

— *Hey ! Good morning guys !* Quel comité d'accueil. Trop cool. Salut mon pote, ça roule ?

On se fait un *check* de la main.

— Hey Matt... mais tu ne devais pas arriver demain soir ?

— Cache ta joie, mec ! Je me suis dit que c'était assez loin et que ça méritait bien un week-end prolongé. T'es pas content ?

— Si, grave. C'est juste que là, niveau organisation, ça risque d'être un peu compliqué.

— Qu'est-ce qui se passe ici, les jeunes ? On fait la fête sans moi ?

June vient d'apparaître sur le seuil du *Cottage Café* et nous rejoint.

— *Oh my God !* M ! s'exclame Matt. On dirait trop Judi Dench dans James Bond.
La classe !

— Oh, *thank you my dear*, ça faisait longtemps qu'on ne me l'avait pas dit, pouffe June, coquette.

— Bon, ça ne résout pas le problème, s'impatiente Victoria. Je ne vais quand même pas dormir dans la neige !

— C'est quoi le problème ? intervient June.

— Il n'y a plus de chambre pour mon ami qui est arrivé plus tôt que prévu, ni pour ma productrice... qui, elle, n'était pas prévue ce week-end.

Victoria ouvre la bouche, comme un poisson prêt à bondir, mais Izzie, plus rapide, la coupe dans son élan. Elle se tourne vers moi, des éclairs dans les yeux.

— En fait, il n'y a aucun problème. Ton chalet, on peut très bien y dormir à deux, il me semble.

Je tente d'intervenir pour sauver les meubles.

— Il n'y a qu'un lit et...

Victoria me coupe, l'air conquérant.

— ... On a décidé de faire chambre à part avant le mariage. À l'ancienne. *So romantic* ! Je vais d'ailleurs faire une publication sur les réseaux sociaux.

Cette fois, on frôle la catastrophe. D'ailleurs, le visage d'Izzie s'est décomposé. Je tente de me raccrocher aux branches.

— Izzie, je peux te parler ? ...

Je capte le regard perçant de June qui n'en perd pas une miette, tandis qu'Izzie me lance un œil noir sans même me répondre et que Victoria siffle comme un serpent venimeux.

— Zizi, c'est quoi ce prénom ?

— Vous avez les portugaises ensablées ! À mon âge j'entends mieux que vous. IZZIE, c'est ma petite-fille, la prunelle de mes yeux. Pas touche.

Victoria hausse les épaule dédaigneusement sans broncher. En revanche, elle s'allume une cigarette avec son briquet en or. Matt se moque gentiment.

— Ouh, c'est chaud l'ambiance à Montriond...

— Ah, mais j'y pense, Mademoiselle Legourdin, commence Sam.

— Lagardon !

— Si vous voulez.

— Mais ce n'est pas si je veux, Monsieur l'hôtelier, c'est mon nom !

Sam reprend avec une pointe d'ironie.

— Non, ce que je disais, c'est : si vous voulez, il y a toujours un lit de camp dans le grenier. C'est le repaire des enfants l'été et des fantômes l'hiver, mais ils sont inoffensifs.

Victoria blêmit.

— Non merci, non. Viens Aidan, on retourne au chalet, tant pis pour la chambre à part.

— Moi, les fantômes ça me va très bien.

— M'enfin *darling,* c'est ridicule.

— Je te préviens, ce n'est pas chauffé, précise Sam.

— T'inquiète, je peux dormir n'importe où, dans n'importe quelles conditions. Il suffit de

le vouloir.
Sam échange un regard avec Izzie qui n'échappe pas à June. Je vois dans les yeux de ma lutine qu'elle pense que c'est « bien fait pour ma gueule », et je suis d'accord.

— Ah, s'exclame June, voilà William et Lou, il ne manquait plus que vous.

Le regard de Matt semble se ralentir et se focaliser sur Lou. Je capte son petit sourire que je lui connais bien quand une fille lui plaît. De son côté, Lou a l'air fascinée par l'attrape-rêves sur le cou de Matt.

— Waouh, canon ton tatouage.
— Moi, c'est Matt.
— Salut. Lou.
— Ça y est, j'ai la solution, s'enthousiasme June. William, tu peux accueillir Monsieur Matt dans ta chambre d'amis ?
— Ah bah oui carrément, insiste Lou. Hein Grappy, t'es d'accord ?

William, toujours de bonne composition, répond en même temps à sa petite-fille et à June :

— Très bonne idée, les filles.
— Eh ben voilà, tout s'arrange, c'est comme pour un film, il y a toujours plein de problèmes, mais on trouve toujours des solutions.

Pour une fois, Victoria n'a pas dit de conneries. Elle tourne les talons avec la discrétion qui la caractérise et lance à la cantonade :

— À plus tard la compagnie, moi je vais profiter du jacuzzi du coup. Aidan, les clefs !

Et, Monsieur le directeur, puisque finalement je m'installe dans un chalet de l'hôtel, vous voudrez bien y faire porter mon bagage.

*1 Actrice américaine (1939-1979)

25
IZZIE

7 décembre

Plus personne ne bouge après le départ de cette espèce de pouffiasse, jusqu'à ce qu'Aidan se tourne vers moi et récidive.
— Il faut que je te parle, c'est important.
Ils semblent tous guetter ma réaction. Particulièrement ma June avec son regard au laser. Pas le choix. Je ne vais pas faire un scandale devant l'hôtel. On s'écarte de quelques mètres.
— Je suis sincèrement désolé pour ce qui s'est passé, crois-moi, je…
— Ne te fatigue pas, j'ai compris.
— Non, justement, parce que si tu ne me laisses pas t'expliquer, tu ne peux pas comprendre.
— ……….
— J'aurais tellement dû te raconter simplement les choses ce matin, mais…
— De toute façon, tout ce que tu me diras, je ne pourrai plus le croire maintenant. En plus, je n'en ai même pas envie. J'ai juste envie de te dire une chose, personne ne m'a jamais humiliée comme ça.
— Je suis nul, je sais.
— Oui, t'es nul. Sauf que c'est plus le sujet.

Je repars demain matin. Salut.
— Quoi ?!... Izzie, laisse-moi une chance.
Il a l'air complètement défait. *Chacun son tour.* Je le plante là comme un piquet, la queue entre les jambes. J'ai peut-être l'air forte comme ça. En réalité, je n'en mène pas large. Cette histoire à peine esquissée qui finit en eau de boudin me crève le cœur. Il faut que je retourne m'activer sinon je vais craquer.
Je lance à June :
— Je vais au Café.
— Ma chérie, ça ne t'ennuie pas si je te laisse seule, je suis fatiguée.
— Pas du tout, vas-y. Après tout je suis là pour ça. Repose-toi Mamie.
— Je t'accompagne, propose William.
Ils s'éloignent bras dessus bras dessous.
Juste avant de passer le portillon du jardin de June, on les entend éclater de rire.
— *What a nice pair* !*
Tiens, et si Matt avait raison ? Et si la pagaille que j'ai trouvée dans la chambre de June en arrivant avait un rapport ? June et William ensemble ?... *Et Aidan et Izzie, rien du tout alors ?*
Je vois Aidan s'éloigner à grandes enjambées vers la forêt. Comme s'il avait senti mon regard sur lui, il se retourne vers moi. Vite, j'entre dans le café. La mort dans l'âme.
Entre la préparation des biscuits en forme de renne et des maisons en pains d'épices, je n'ai pas une minute à moi et c'est tant mieux.

*Quel joli couple !

À l'heure du goûter, parents et enfants du village arrivent. Cartables, luges, casques de protection et moufles sont jetés pêle-mêle à l'entrée. De petites flaques de neige ponctuent le sol, bien que la plupart aient laissé leur Moon-Boots à la porte. Chocolat chaud et pancakes confiture pour tout le monde. J'ai beau me jeter à corps perdu dans le travail, la boule dans ma poitrine et le trou béant dans mon cœur dévasté sont toujours bien présents. Une petite voix me sort de mes sombres pensées.

— Bonzour lutine. Il est où ton Père Noël ?

Allez bim ! Prends-toi ça dans la tronche.

— Bonjour Saralou, qu'est-ce qui te ferait plaisir ?

— Un bonbon… le mien ze l'ai donné à Tristan, mon nouveau zamoureux… il aime zulie.

— Et ton Nicolas ?

— Ze l'aime encore pluuuus.

J'avais oublié combien l'amour c'est simple quand on est petit.

— Ne jamais donner son bonbon pour les beaux yeux d'un garçon.

Non mais, ça ne va pas bien, moi !!

Saralou me dévisage, la bouche grande ouverte. Elle tire sur mon tablier.

— Et mon bonbon ?

— Tiens, voilà, ma puce, pour la peine t'en auras deux, mais rien que pour toi.

Je sens mon téléphone vibrer. Pendant un instant j'espère bêtement que ça va être Aidan et en même

temps si c'était lui, je ne décrocherais pas.
Alors là, incroyable ! Il a des antennes celui-là.
Toujours pressé, au bout de trois sonneries, il a déjà raccroché pour laisser un message :

LAWRENCE : Je rentre de New-York. On se voit ce soir à l'heure habituelle ? Love you babe.

Tout à coup, ça me saute à la figure. Combien j'en ai reçus de ses messages succincts qui m'ont fait rappliquer ventre à terre ? Comme si j'étais une escort-girl. *Ça me dégoûte. Je me dégoûte.* J'ai la main qui tremble.

— Pauvre conne !

Oups, ça m'a échappé à voix haute, mais pas aux enfants apparemment qui rigolent en me pointant du doigt.

—Ouh, Izzie, va mettre des sous dans le bocal à gros mots.

Je m'exécute. Merci les enfants de m'avoir redonné un milligramme de légèreté.

26
IZZIE

7 décembre

Après avoir tout nettoyé, je ferme le Café. J'en ai plein le dos, plein les jambes, je suis lessivée. Il faut dire que j'ai eu plus que ma dose d'émotions fortes et contradictoires depuis hier soir. Sans compter que je ne vais pas y couper, je me doute bien que June va me cuisiner. J'ai bien capté que la maligne avait deviné qu'il y avait anguille sous roche ou plutôt « tempête sous le traîneau » entre Aidan et moi.

Il n'y a qu'une centaine de mètres qui me sépare du chalet de ma grand-mère et j'ai beau essayer de rassembler mes idées dans ma tête un peu à l'envers, je suis déjà arrivée.
— Bonsoir mon p'tit poussin.
— Coucou ma chérie.
Elle m'a répondu sans tourner les yeux, comme si de rien n'était. Tranquille, elle tricote, installée dans son fauteuil, les jambes étendues sur le repose-pied devant le feu qui crépite paisiblement dans le poêle.
Sur la table m'attend une magnifique tarte aux noix de pécan et sirop d'érable.
— J'ai aussi fait une poule au pot.
Décidément. Mon menu préféré, celui qu'elle me réserve pour les grandes occasions.

Qu'est-ce qu'elle mijote ?...
Je me fais un plateau et je viens m'asseoir en face d'elle. Concentrée sur son tricot, elle fredonne bouche fermée, enfin elle fait la mouche comme je disais quand j'étais ado.

— C'est bon ?
— Je me régale. Au fait… on fête quoi ?
— Je me suis dit que ça te ferait plaisir tout simplement.
— T'es adorable Mamie, merci beaucoup…

Elle me coupe.

— C'est toi qui es adorable d'être restée pour m'aider.
— À ce propos… tu te souviens, je t'avais dit que je devais retourner à mon boulot avant le week-end.
— Oui, oui, bien sûr je me souviens.
— Ça y est, ce matin j'ai réservé mon billet pour demain.
— Ah, si vite… il ne nous reste plus beaucoup de temps alors.
— Ne t'inquiète pas Mamie, je reviendrai.
— …………..

Un ange passe.

— … À moins que tu ne partes pas.

Hein ?? Qu'est-ce qu'elle raconte ? Elle déraille !

— Mais… je n'ai pas le choix. Il faut bien que je gagne ma vie !
— Et Aidan ?
— Je ne crois pas que j'ai envie d'en parler.
— Ce n'est pas la peine qu'on en parle, je sais

déjà tout. Il est venu me voir.
J'en reste soufflée.

— Il n'est pas gêné !

— Non, il est malheureux.

— Manquerait plus qu'il saute de joie après ce qu'il m'a fait.

— Je suis tout à fait d'accord avec toi, le coup de la fenêtre, c'est vraiment moche. Tu sais, parfois dans la vie il y a des situations pièges qu'on ne maîtrise pas. Mais si tout le monde y met du sien, ça peut s'arranger. Il suffit juste de mettre un peu d'eau fraîche dans son vin chaud.

— Stop Mamie, tu vas trop loin là. Ce sont mes histoires, je sais ce que je fais. Ne t'en mêle pas.

— J'ai l'impression d'entendre ton grand-père. Et comme je lui disais toujours : laisse-moi m'exprimer, saperlipopette !

— De toute façon je m'en vais, je ne le reverrai jamais, point barre.

En désespoir de cause, June s'adresse alors directement à la photo de son mari, encadrée sur la commode.

— Tu l'entends ta petite-fille, une vraie graine de têtu comme toi.

Je ne peux pas m'empêcher d'avoir un petit rire. June aussi. Ça désamorce aussitôt la discussion. Elle en profite pour s'engouffrer dans la brèche.

— Ce n'est pas d'Aidan dont je veux te parler.

J'ai beaucoup réfléchi à l'hôpital et depuis que tu es là. Mon petit malaise, ça aurait pu être pire...

— Mamie, arrête.

— Non, écoute, il ne faut pas avoir peur de parler de ces choses-là, ça fait partie de la vie. J'ai l'âge que j'ai...

— T'es en pleine forme !

— S'il te plaît, ne m'interromps pas. C'est important ce que j'ai à te dire.

Je n'ai pas l'habitude que ma grand-mère soit si sérieuse et soudain ça m'effraie un peu. Elle doit le sentir et me sourit doucement.

— Ne t'inquiète pas, il n'y a rien de grave. Au contraire. Ça fait longtemps que j'y pense, et on en avait même parlé avec ton grand-père, figure-toi. Tout était prévu, le moment venu. Et puis finalement... Voilà. Je vais te transmettre le *Cottage Café*.

Mes yeux s'écarquillent. J'en reste bouche bée.

— Je te rassure tout de suite, je n'ai pas l'intention de m'arrêter. Simplement, je me suis rendue compte qu'à deux c'est plus facile, bien moins fatiguant et beaucoup plus amusant.

— Ça alors... je ne m'y attendais pas du tout.

— Il n'y a pas que ça, j'ai aussi envie de profiter de mon temps à moi...

— Avec William ?

— Ah, ça, tu vois, tu l'as hérité de moi.

— Quoi ?

— D'avoir l'œil du cœur. De voir, de sentir, d'avoir l'intuition des choses, des gens.
— Oui enfin, peut-être chez les autres, mais pas en ce qui me concerne.
— … Les choses, ma chérie, elles arrivent quand elles doivent arriver. Par exemple : il me semble que tu n'es pas très heureuse de ta vie à Londres, n'est-ce-pas ?
— Pas vraiment, non.
— Et depuis que tu es là, tu t'es remise à écrire, je crois.
— Oui…
— Eh bien, c'est peut-être le moment de changer de vie.
— C'est complètement dingue !
— Oui, peut-être. En même temps, si on ne fait pas des dingueries dans la vie, ça sert à quoi ?
— Mon p'tit poussin…
— On se fait la tarte ? Ça m'a ouvert l'appétit d'avoir lâché le morceau.
— Tu es… t'es vraiment… énorme !
— Ah bon ? Tu trouves que j'ai grossi ?
— Non, Mamie, énorme ça veut dire inouï, extraordinaire, incroyable ! Ceci dit, il faut que je réfléchisse.
— Mais oui, mais oui, la nuit porte conseil.

27
IZZIE

8 décembre

June avait raison, la nuit porte conseil. Après être montée me coucher, la folle proposition qu'elle m'a faite tournait en boucle. Je me suis relevée et je me suis mise à écrire… jusqu'à maintenant, c'est-à-dire aux premières lueurs de l'aube. J'y ai encore passé la nuit, comme l'autre fois, et, incroyable mais vrai, je suis allée au bout... d'un peu plus que le début. *Alléluia* ! Bon, je suis bien consciente que c'est un premier jet et pourtant je sens que je tiens enfin un fil qui pourrait devenir une histoire.
Tout à coup, une drôle d'idée me vient… une de ces idées délirantes qui peut naître après une nuit blanche à écrire, complètement hallucinée : envoyer ce que j'ai écrit au seul éditeur que je connaisse vaguement. Ça n'a rien d'extravagant finalement. J'ai besoin d'un regard professionnel, non ? Qu'est-ce que j'ai à perdre ?

Première étape : se créer un pseudo, changer mon nom sur le document et ouvrir une nouvelle adresse mail. *Un pseudo ?* Je ne suis pas la première à utiliser ce subterfuge. Romain, Elena, Emma, et sûrement plein d'autres l'ont déjà fait avant moi.

Ouh là, Izzie, calme-toi, tu mets la barre un peu haut, tu n'en es pas encore à ce niveau. Commence par aller au bout de ton roman et puis on en reparle.
Deuxième étape : quand faut y aller, faut y aller.

Monsieur,
Je vous prie de trouver ci-joint les premiers chapitres de mon roman « Sexy Snowy Christmas » en espérant qu'ils retiendront toute votre attention.
Je vous prie d'agréer…
Julia S. Grant

Je prends une profonde inspiration. Allez, c'est parti mon kiki ! J'appuie sur « envoyer » à destination de « mon éditeur ».

Pfiou ! D'un seul coup, je lâche tout dans un grand souffle. La fatigue me gagne subitement. C'est là que je réalise que ça fait presque 48 heures (depuis la nuit chez *lui*) que je n'ai pas vraiment dormi. Avant de m'écrouler, il me reste quelques dernières choses à faire.

1) Sms à June pour répondre à sa proposition :

IZZIE : OUI !

2) Sms à *fucking* Lawrence pour répondre à son claquement de doigt d'hier :

IZZIE : NON ! Définitivement, non.

3) Annuler mon billet d'avion pour Londres : check.
4) Envoyer un email de démission au vieux crouton : ok.
5) Prévenir Val qu'elle peut récupérer ma chambre de coloc : fait.
6) Demander à Alma de venir chercher mes affaires et de les garder… en attendant… en attendant…
Je suis en train de sombrer dans les bras de Morphée.

Une page se tourne. J'ai vraiment l'impression d'écrire enfin le nouveau chapitre de ma vie.

28
AIDAN

8 décembre

Atchouuum ! *Fuck* ! Évidemment, ça me pendait au nez dans ce putain de grenier glacial plein de courants d'air. J'ai à peine fermé l'œil de la nuit sur mon lit de camp défoncé. J'ai tourné mille fois dans ma tête comment je pouvais rattraper la situation dégueulasse dans laquelle j'ai mis Izzie. Et moi aussi par la même occasion.
La honte et la tristesse me rongent. Je suis en colère contre moi, je me déteste d'avoir été si lâche et de ne pas avoir eu le courage d'assumer mes choix.
Je devrais aller retrouver Matt qui n'est là que pour quelques jours. Enfin, il faudrait surtout que j'aille voir mon équipe que j'ai un peu laissée tomber, mais la dernière personne que j'ai envie de croiser aujourd'hui, c'est bien ma productrice qui doit être avec eux.
Je me connais. La seule façon de ne pas péter un câble et d'essayer d'y voir plus clair, c'est d'aller marcher, marcher, marcher seul.

*

Il est presque 17 heures et le soleil disparaît derrière la montagne quand je reviens au village.

À cette heure-ci, elle a déjà sûrement repris sa vie londonienne avec malheureusement un très mauvais souvenir de moi, alors que tout semblait s'être
tellement bien arrangé entre nous après notre première rencontre chaotique. June doit être, elle aussi, triste du départ de « la prunelle de ses yeux ».

En fait, pas du tout. Je me suis complètement trompé. Au *Cottage Café*, June – bien que sans Izzie pour l'aider – arbore un grand sourire. Elle va et vient d'une table à l'autre et m'accueille en m'embrassant sur les deux joues. C'est la première fois qu'elle fait ça !
Je m'assois au comptoir à côté de William qui boit un vin chaud… et en guise de bonjour, j'éternue dix fois de suite.

— Je suis désolé, j'ai attrapé froid.
— C'était sûr dans ce grenier pas chauffé, quelle idée, mon garçon, bougonne William.
— Je vais vous faire un bon grog des familles, mon p'tit Aidan.
— Merci June, c'est gentil.
— Et à part le rhub, mon garçon, quoi de neuf ?
— Euh… disons que j'ai connu mieux.

Est-ce que le rhume me vrille et m'embrume le cerveau ? Ou est-ce que je suis dans une réalité parallèle ? En tout cas, ma mâchoire se décroche. William me regarde avec des yeux ronds.
— On dirait que tu as vu un fantôme…

Oui, je vois un fantôme qui s'approche. Sans sourire.
— C'est… Izzie ?
— Bah ! Ce n'est pas ma sœur, rigole William.
Je dois avoir l'air complètement débile car je vois qu'elle se retient presque de rire.
— Tu es… tu n'es… tu n'es pas partie ?!
Ce qui ne l'empêche pas de me répondre sèchement.
— Ça n'a rien à voir avec toi et ça ne change rien entre nous.
— Et pourtant t'es restée.
— Bah oui, y'a grève des aiguilleurs.
Je capte l'expression de June, genre « Oh là, là, elle exagère », et avec un sourire appuyé à sa petite fille, elle ajoute :
— Ouais, ouais, il va y avoir grève pendant un bon bout de temps, on dirait.
— Mamie !!
Je sens bien que quelque chose se trame qui m'échappe. Justement, Izzie s'échappe vers la cuisine. Je la rattrape.
— Tu me détestes ?
— C'est rien de le dire.

29
AIDAN

8 décembre

Je sors du Café, le regard polaire de Izzie planté comme un poignard givré au fond du cœur. J'ai à peine fait quelques mètres que William me rattrape.

— Tu n'as même pas bu ton grog !
— Je suis fatigué, je vais aller me coucher.
— Tu reprends bien ton tournage lundi ?
— Oui, pourquoi ?
— Si tu veux être en forme, il faut te soigner. Je suis spécialiste en huiles essentielles. Tu verras ça va te requinquer. Et tu viens dormir à la maison, au chaud.
— Mais…
— Un point c'est tout, on ne discute pas. Matthew sera ravi de partager la chambre d'amis avec toi. Quand June m'a raconté cette histoire de grenier, j'ai regretté de ne pas avoir été là plus tôt. Je t'aurais proposé immédiatement de venir à la maison.
— Je ne sais pas quoi dire.
— Ça tombe bien, y a rien à dire. Très sympathique ton ami au fait. Nous avons discuté tard hier soir devant le feu en buvant un des vieux Scotchs de ma réserve. Je te le ferai goûter à l'occasion.

— Volontiers. Je suis content que vous appréciez Matt.

Quand nous arrivons, William va directement à la cuisine. Dans le salon, Matt est devant son ordinateur.
— *Hey man, what's up**1 ? T'as disparu des radars ! D'ailleurs, ta productrice te cherchait comme une furie.
— Je m'en doute. *So sorry*, je t'ai fait faux bond aujourd'hui.
— *No problem, pal**2. Moi, j'ai fait le musher avec Lou, je me suis éclaté.
— Génial. Demain, promis on passe la journée ensemble. J'avais prévu une balade en motoneige.
— Cool ! Tiens, viens voir, j'ai changé un détail de ton affiche. C'est vraiment subliminal, on va voir si tu le trouves.
Nous sommes interrompus par William qui me tend d'autorité une cuillère de miel.
— Avant tout, avale ça.
Je m'exécute en grimaçant.
— C'est fort ! Qu'est-ce que c'est que ce truc ?
— *Tea-tree / Ravintsara* et ça repart.
— T'es malade ? s'inquiète Matt.
— Juste enrhubé… Ah ça y est, j'ai trouvé ! Tu as ajouté le museau du chien de traîneau derrière le sapin.

*1 Quoi de neuf ?
*2 Mon pote.

À ce moment-là, la musher pointe le bout de son nez en sortant de la salle de bain. Elle frotte avec une serviette ses cheveux courts.

> — Salut tout le monde.
> — Ah, ma petite caille, c'était bien ta journée ?
> — Canon, Grappy !

Elle glisse un regard discret à Matt qui, lui, ne la regarde pas si discrètement que ça, ce qui ne m'échappe pas.

Eh oui, Matthew Mc Collum a cette tendance naturelle à ne pas pouvoir résister devant une jolie fille. Il collectionne les conquêtes, s'éclate sans complexe et a pour règle n°1 de surtout ne jamais s'attacher. Je crois qu'il n'a jamais été amoureux et que rien ne l'intéresse à part le cul.

Alors que moi, même si je vis aussi des aventures sans lendemain, c'est parce que je n'ai pas eu la chance de rencontrer LA bonne personne, *enfin... jusqu'à maintenant, peut-être.*

Bien que ce soit tout de même très mal barré.

Matt me tire de mes pensées négatives.

> — Y'a une épicerie dans le coin ? J'ai encore le temps d'aller acheter du rhum et de la bière. Je vais préparer un *Hot Toddy*.
> — C'est quoi ? demande Lou.
> — C'est le meilleur remède contre le rhume, en Écosse. Mais c'est aussi un excellent relaxant avant la nuit...

Je grille un nouvel échange de regards et cette fois

Lou rougit.

Very Hot Toddy. C'est bien ce que je pensais, le tombeur a encore frappé.

30
AIDAN

9 décembre

— Sérieusement, Matt ! Sous le toit de son grand-père ?
— C'est dingue ça, comment tu fais pour toujours me griller ? T'as un radar spécial ou quoi ?
— Pas besoin, je te connais par cœur !

Depuis ce matin, nous avons slalomé sur les scooters des neiges loués pour la journée. J'aurais aimé sentir Izzie collée contre mon dos, ses bras autour de ma taille me serrer fort, ses cuisses… *Stop !* Je me gifle mentalement. Je suis là, justement, pour me vider la tête. C'est la journée idéale pour faire ça, pour profiter entre mecs. C'est l'heure de la pause thermos café et sandwichs préparés gentiment par William. Mon tombeur des neiges poursuit :

— On s'est bien éclaté, c'était cool. Pas de prise de tête, deux adultes consentants et basta.
— Tu me fais rire. Roi de la baise un jour, roi de la baise toujours. Toutes les nanas d'Inverness à Édimbourg, une meuf différente chaque soir, et maintenant une musher prise au piège de ton attrape-rêves.

— Ah ! Petite nouveauté. Figure-toi que c'est Lou qui m'a sauté dessus et pas l'inverse pour une fois.

— Ah… *Interesting, my dear Watson.* Ce serait elle qui t'aurait épinglé à son tableau de chasse, alors ! Aurais-tu trouvé ton équivalent féminin ?

— *Who knows** ? marmonne Matt en mâchant son jambon-beurre.

— En tout cas cette nuit quand je suis allé pisser, tu n'étais plus dans le lit… ce qui fait donc, si je sais bien compter, deux nuits de suite, waouh, c'est une première dis donc.

Je lui colle un petit coup affectueux dans l'épaule.

— Oh, ça va… c'est l'occasion qui fait le larron pour un week-end, ce n'est rien de plus.

— Tu repars déjà demain, *damn it*, ça passe trop vite.

Nous avons repris notre balade à moteur. Le soleil brûlant et la neige qui vole sur notre passage fouettent nos joues. Pendant encore deux heures, nous parcourons à toute vitesse la forêt blanche jusqu'au seul restaurant d'altitude du coin.

La terrasse est bondée. Par chance, il reste deux chaises longues libres. Nous commandons vin chaud et tarte aux myrtilles. Est-ce que c'est moi, ou il y a des amoureux partout ? *Ma petite lutine, où es-tu ? Tu me manques.*

*Qui sait ?

Je vois la main de Matt qui s'agite devant mes yeux perdus dans le vague.
— Hey, Aidan, je suis là.
— *Sorry*, mec.
— Je comprends. Avec toute l'histoire d'Izzie que tu m'as racontée hier soir y a de quoi avoir la tête prise. Tu sais que tu ne m'as même pas parlé du film depuis que je suis là…
— Si je ne t'en ai pas parlé, c'est que j'ai bien réfléchi. La seule solution pour arrêter ce merdier, c'est… renoncer à la suite de ma série documentaire avec Victoria.
Matt me regarde l'air stupéfait.
— Tu ne peux pas faire ça ! Tu déconnes, tu mélanges tout. Victoria c'est le boulot, un point c'est tout.
— Oui, pour moi, mais pas pour elle justement, c'est elle qui mélange tout.
— Ça ne veut pas dire pour autant que tu dois anéantir tous tes efforts. Et pas que les tiens d'ailleurs, on est tous impliqués dans ton film.
— Oui je sais, t'as raison, mais… il faudrait vraiment un miracle de Noël.
Au même moment, dring ! Nous dégainons tous les deux notre téléphone.
— Ah, c'est le mien, se réjouit Matt. *Hey* Lou.
Qu'est-ce que j'espérais, qu'Izzie m'appelle ?
Et là, j'ai l'impression d'être victime d'une apparition maléfique : Victoria !!
Sans doute parce que les gens ont commencé à partir,

je remarque, seulement maintenant à l'autre bout de la terrasse, la chevelure oxygénée, reconnaissable entre toutes, qui dépasse d'un bonnet aussi noir que sa doudoune et pas comme d'habitude de son attirail *flashy*. Elle est seule à une table. Même si elle est de dos, je vois bien qu'elle se tient toute crispée, la nuque dans les épaules. Je ne la porte pas dans mon cœur, mais je ne peux décemment pas ignorer que quelque chose cloche. D'autant plus que je me sens forcément un peu responsable, ça fait deux jours que je la zappe. Tout à coup je vois ses épaules se soulever, comme si elle pleurait. Je me lève et m'approche d'elle.

31
AIDAN

9 décembre

Incroyable ! La Victoria toujours impeccable, dont aucun cheveu ne dépasse, a l'air de se foutre complètement de son look et de l'image qu'elle renvoie. Et cerise sur le gâteau, elle se siffle un cognac.
Elle relève ses yeux embués et tressaille en me voyant.
— Aidan ??
— Euh… Victoria, qu'est-ce qui t'arrive ?
— J'ai du mal à y croire, c'est toi. Depuis deux jours que tu as disparu, enfin que tu me fuis…
— Ce n'est pas vraiment ça, c'est que…
Je m'assois en face d'elle, un peu mal à l'aise, tandis qu'elle me coupe :
— J'ai l'habitude, de toute façon ça ne marche jamais comme j'ai envie. Jamais. Garçon ! Un autre cognac, s'il vous plaît.
Ça alors. En plus elle est polie !
Je n'avais jamais perçu l'once d'une fragilité chez elle. Et je n'ai pas l'impression qu'elle me joue encore un numéro de comédienne pour essayer de m'amadouer. Elle enchaîne :
— Tu te rends compte qu'à l'époque quand

j'ai dit à mon père que mon rêve c'était de devenir cheffe pâtissière, il s'est mis dans une colère noire : « Chez nous, c'est une affaire de famille, pas question que tu fasses comme ton crétin de frère, le baba cool de yoga à Bali ! Tu feras du droit et tu reprendras le flambeau, un point c'est tout ».

Victoria avec une toque et un tablier ! Je reste d'abord bouche bée devant ses confidences.

— Ça t'étonne, hein ?

— Tu aurais pu te rebeller. Pourquoi t'as accepté ?

Elle pousse un soupir à fendre l'âme.

— Pour qu'il m'aime... c'est con, je sais.

Je reste un instant sans voix.

— Non, non, c'est pas con, c'est juste humain.

Ça me fait penser à ma propre histoire. Contrairement à Victoria, j'ai suivi mon chemin au risque de couper le lien avec mes parents, ce qui n'a pas manqué d'arriver.

J'essaye de lui transmettre un regard de connivence, mais elle poursuit déjà sur sa lancée.

— Tous ces sacrifices pour juste récolter une relation de business, de fric, et la tendresse zéro. Je n'existe pas plus que ça pour lui. J'ai eu beau m'accrocher comme un bigorneau à son rocher... un peu comme avec toi.

— Je suis désolé si je n'ai pas répondu à tes attentes.

— Tu n'y es pour rien, Aidan, on ne contrôle pas les sentiments. Ni les siens ni ceux des autres.

J'ai l'impression que c'est une autre femme qui parle à travers elle, c'est très bizarre.

— Je sais ce que tu penses, tu ne me reconnais pas.

— C'est vrai que je suis un peu...

— ... Sur le cul.

Nous échangeons un petit rire vraiment sincère, pour une fois.

— Je te présente la vraie Victoria sans la carapace qu'elle s'est forgée pour tenir bon dans le milieu de son père, sans maquillage...

— Ça te va tellement mieux.

— C'est vrai ? dit-elle d'une petite voix.

— Je ne suis peut-être pas la meilleure personne pour te donner des conseils, mais à mon avis si tu t'autorises à être toi-même comme maintenant, alors quelqu'un spécialement fait pour toi viendra peut-être plus vite que tu ne le crois.

— C'est gentil, ça.

— Tu sais, Victoria, il n'est pas trop tard pour être cheffe pâtissière.

— ... Et ton film alors ? Je ne te l'ai même pas dit, tes rushes sont top. On va faire un beau film et je ne t'emmerderai plus, promis.

— Et tes pâtisseries ?

— Ce n'est pas si simple.

— On s'imagine beaucoup que les choses sont très compliquées dans la vie, l'important c'est de ne pas avoir de regret. Tu pourrais peut-être parler à ton père... et là, si ça ne marche pas comme tu as envie, il te reste une chose à faire.

— Laquelle ?

— Claquer la porte. Ça fait du bruit pour l'autre, mais surtout ça fait du bien pour soi.

Victoria me regarde comme si j'étais son sauveur.

— Merci Aidan. Tu vas me manquer... *baby*, me dit-elle avec un clin d'oeil. C'était la dernière fois, je ne te le dirai plus.

Je ne peux pas m'empêcher de sourire.

— Je suis toujours là pour ma productrice.

— Mais peut-être que ta productrice ne sera pas toujours là... Tu as raison, la vie est trop courte pour avoir des regrets.

Une semaine après…

32
IZZIE

J-9 avant Noël / 15 décembre

Ouf ! J'enfourne la dernière plaque de *brookies*, tandis que June s'occupe des clients. Elle ne connaissait pas cette nouvelle recette qui consiste en un mélange de cookie et de brownie. Un vrai délice. Au moins un truc cool que j'ai pris de Londres. Nous avons déjà préparé : panettone raisins secs zestes d'agrumes, *Stollen* fruits confits, pain d'épice miel cannelle et sablés de Noël pour ce grand week-end qui marque le retour des vacanciers.

June dépose son plateau vide sur le comptoir et se sert, à la bonbonne, un verre de jus de gingembre citronné qu'elle boit d'une traite.

— Eh ben dis donc ma p'tite fille, on n'a pas chômé cette semaine. Quelle joie de faire ça toutes les deux.

— Grave ! Moi qui n'ai jamais aimé me lever tôt, maintenant j'adore aller travailler même s'il ne fait pas encore tout à fait jour. C'est grâce à toi, mon p'tit poussin.

— Penses-tu ! C'est surtout grâce à toi. Quelle énergie ! Il faut être jeune pour écrire la moitié de la nuit et être à pied d'œuvre le lendemain.

— Pour ce qui est de l'énergie de la jeunesse, tu es mon meilleur exemple.

— Les mamies chats ne font pas des chiots paresseux, fredonne June en me collant du bout de l'index un point de farine sur le nez.

Je lui rends la pareille sur la joue. Nous rions comme deux gamines.

— Coucou les poulettes, vous vous amusez bien, je vois !

Avec tout ça, nous n'avons même pas entendu Sam entrer avec Lou.

— Alors ça pour s'amuser, on s'amuse, sourit June.

— Vous avez déjà fini votre journée, les amis ? Il n'est même pas cinq heures.

— Tu sais ce que c'est, Izzie, le vendredi, veille d'arrivée de vacances, il ne se passe pas grand-chose.

— Moi, tout mon attelage est prêt pour demain. De dix à dix-sept heures, je suis déjà archi bookée. Alors là, pause.

— Justement, on vient te débaucher, direction la patinoire.

— Oh non, je ne vais pas laisser June finir toute seule.

— Mais si, excellente idée. Regarde, les derniers clients ne vont pas tarder à partir, tout va bien. Tu as bien mérité de faire un peu autre chose, ma chérie.

— C'est gentil, Mamie, mais…

— Allez Iz, ça fait longtemps, me coupe Lou

avec une petite moue d'écureuil des neiges.
— Souviens-toi de ta case du jour, dit June.
— La case de quoi ? s'étonne Sam.
— Du calendrier de l'Avent Kamasutra que j'ai commandé spécialement sur l'Internet.
— Génial, j'adore l'idée, tu me donneras le lien pour l'année prochaine, June.
— Alors, c'est quoi la case du jour ? s'impatiente Lou.
— « Profite de la nuit de la glisse ». Bon... ce n'est pas tout à fait le sens du Kamasutra...

Lou et Sam gloussent, et June conclut :
— Mais après tout, patiner avec ses amis c'est pas mal aussi.

Ma grand-mère, ce phénomène.
— T'as raison, mon p'tit poussin, rien ne vaut l'amitié... et la famille bien sûr.

Je raccroche mon tablier et je lui dis deux fois que je l'aime.

Depuis que je suis petite, c'est le même rituel. Avant de quitter mes proches, même pour une courte durée, je leur répète toujours à quel point je les aime. C'est comme une sorte de mantra protecteur pour être sûr que rien ne leur arrivera et que je les reverrai vite.

La jolie mélodie de la porte carillonne juste au moment où j'enfile mon bonnet. Mon sourire tombe dans mon écharpe. Mon bel enfoiré vient d'entrer.

— Bonsoir, dit-il timidement.
— Oh, mon écossais préféré, quelle bonne

surprise, on ne vous a pas vu de la semaine.

— Le tournage m'a pris tout mon temps, mais votre vin chaud m'a manqué, June, dit-il en me coulant un regard qui réveille instantanément les papillons dans mon ventre.

— Tu tombes trop bien, Aidan. Il nous manquait le numéro 4. On va toujours patiner en nombre pair, c'est très important. Si l'un tombe, l'autre le rattrape. Tu viens ?

Non mais ça va pas Lou, qu'est-ce que tu racontes ! Pas question !

— Euh... Je n'ai pas fait de patin depuis l'âge de dix ans.

Bon bah voilà, affaire réglée.

— C'est comme le vélo, Aidan, au début c'est un peu chaotique, après... ça glisse tout seul, gazouille June en m'adressant un sourire comique.

— Très fin, Mamie.

June étouffe un rire, ainsi que Sam.

— Très juste, June, je valide.

— Moi aussi, carrément, renchérit Lou. T'inquiète, on t'aidera. Hein Iz ?

— Bon, je vais sortir le 4x4 du garage.

— Laisse, Sam, je suis venu direct du tournage avec la voiture de loc. Je vais la chercher. J'ai juste un coup de fil à passer à mon équipe pour leur dire que je ne les rejoindrai pas plus tard, et j'arrive, ça vous va ?

Pendant qu'Aidan s'éloigne vers le parking, j'en profite pour dire vite aux deux autres le fond de ma pensée.

— Je me sens un peu piégée, là. Merci les copains de votre soutien.

— Bah… tu ne m'as pas dit qu'il te manquait « atrocement » ?

— Oui, bon, peut-être, mais je t'ai aussi dit que je ne bougerai pas d'un iota.

— Du coup, nous on se bouge pour toi, ma poulette. Tout ce qu'on souhaite c'est que tu glisses dans la joie et le bonheur.

— Vous êtes cons, putain.

Malgré tout, un courant de complicité passe entre nous trois. On se connaît si bien.

Une minute après, en grimpant à côté d'Aidan qui vient de se garer devant nous, Sam lance :

— Allez, en route mauvaise troupe !

À peine assise, je vois ses yeux me fixer dans le rétroviseur. Je perçois dans son regard une lueur de douceur un peu triste et un frisson me parcourt tout entière. *Concentre-toi Izzie, ne te laisse pas attendrir.* Aidan démarre, et nous quittons le village.

— Tu me guides, Sam, je ne sais pas où est la patinoire.

— Tu tournes à la première à droite, après c'est tout droit, y'en a pour environ quinze minutes.

— Il n'y a pas de patinoire, juste un lac, j'ajoute avec une pointe d'ironie.

— Ah, ok. Mais un lac… ça veut dire pas de rebords ?

— Qui ne risque rien n'a rien, faut se lancer dans la vie, répond Lou à Aidan avec un sacré sens de la répartie, tout en me gratifiant d'un clin d'œil.

Dois-je comprendre que ma petite sœur de cœur s'adresse également à moi ?

Wouf, wouf… la sonnerie « chien » de son portable résonne dans l'habitacle. Lou se précipite. Un sourire d'ange éclaire aussitôt son visage.

— Une bonne nouvelle, coquine ?
— Matt vous embrasse tous !
— Et toi, il t'embrasse ? je lui chuchote à l'oreille.
— Partout, me chuchote-t-elle en retour. Et si tu t'occupais plutôt de tes histoires, mon chou…

Alors que le crépuscule commence à nous envelopper, la chanson de Nat King Cole, *It's beginning to look a lot like christmas, everywhere you go,* passe à la radio. Sam et Lou reprennent en chœur. Les deux seuls à rester muets sont… devinez qui ?

Et moi, comme si j'étais protégée par ce rétroviseur qui nous sépare, je n'arrête pas d'épier les yeux d'Aidan, concentrés sur la route qui, en douce, parfois, se lèvent vers moi. Je n'entends plus les joyeux lurons chanter. Le seul son qui vibre dans mes oreilles, ma tête, ma poitrine et tout mon corps, c'est mon cœur qui fait boum…

33
AIDAN

15 décembre

Ce trajet, quelle torture ! Et en même temps, ce plaisir de la sentir si près... Elle me manque tellement depuis notre seule et unique nuit d'amour. Je ne peux empêcher mon regard d'être attiré par le sien dans le rétro. Je voudrais embrasser son front, ses tempes, ses cheveux qui sentent la fraîcheur d'une prairie, ses yeux qui me cherchent malgré elle, je me souviens quand j'ai léché ses larmes...
Comment je réussis à ne pas avoir d'accident, c'est un miracle.
Moi qui me demandais comment faire le premier pas pour enterrer la hache de guerre, ça tombe à pic. *Merci Lou pour ton initiative, et tant pis si je finis le cul par terre !*

Planté dans une congère se dresse le panneau « Lac de Montriond ». Je suis presque déçu que la « torture » s'arrête déjà. À peine sorti de la voiture, je suis aussitôt saisi par le froid. Il faut dire que nous sommes maintenant au milieu de la forêt où se dessine la surface d'un miroir étincelant. Sam et Lou partent devant, alors qu'Izzie s'avance seule et s'arrête pour contempler le lac gelé.

Je m'approche doucement. Je n'ose pas la regarder de peur de perturber cet instant presque méditatif. J'imagine son émotion devant ce spectacle d'une beauté irréelle qui doit nourrir son âme depuis son enfance.

— C'est beau, hein ?

Mon cœur fait un bond. Cette phrase est la première « normale » qu'elle m'adresse depuis « l'incident ». Tout n'est peut-être pas perdu.

— Oui, très beau… Je t'ai écrit cette semaine… tu n'as pas reçu mes textos ?

Elle frissonne, comme si je l'avais tirée d'un songe et s'éloigne.

— Les patins, c'est par là.

OK ! J'ai cru qu'elle avait un peu baissé la garde. On peut toujours rêver.

Après quelques mètres, nous arrivons devant le Cabanon de Pierrot – comme l'indique la pancarte – pour me louer des patins à glace. Les trois autres ont les leurs sur place à l'année.

Une fois chaussés, on s'élance sur la glace. Pour l'instant, moi j'ai du mal à décoller du banc, je n'ai pas l'air très malin.

— Bah alors, qu'est-ce que tu trafiques, l'Écossais ? m'apostrophe Sam.

Je lâche le banc et avance maladroitement. Sam me prend par les épaules et me pousse comme si j'étais un gamin empoté.

— Allez go, ça va revenir, il faut juste y aller. Surtout ne te compare aux filles, sinon t'es

mal barré, mec.
C'est vrai que, sur le lac illuminé, regarder la silhouette d'Izzie qui trace des cercles parfaits en virevoltant tel un flocon me coupe un peu le souffle.
La lutine s'est transformée en danseuse sur glace.
Et moi, j'avance comme un gros boulet. C'est vraiment « la belle et le clochard ».

— Tu sais que la lumière ici est alimentée par des panneaux solaires ?

— Vous faites attention à la planète, bravo.

J'avoue qu'en cet instant précis, je me fous un peu de la planète. La seule chose qui m'importe, c'est plutôt le réchauffement climatique entre Izzie et moi. À l'autre bout du lac, les deux filles se tiennent par la main en glissant, parfaitement synchrones. Soudain Izzie se détache et fonce vers nous. On dirait qu'elle vole.

Elle arrive dans un dérapage parfaitement contrôlé en m'envoyant, au passage, une gerbe de neige. Ça me déstabilise, mes bras font des tourniquets ridicules et je me retrouve les quatre fers en l'air ce qui les fait bien rigoler.

— Sam, je prends le relais.

— T'es sûre ma poulette ?

— Oui, va t'éclater, tu ne vas pas baby-sitter Aidan toute la soirée.

— Oh ! Ça, c'est un peu un coup bas, dis-je toujours le cul sur la glace.

Tu crois qu'il y en a un qui m'aiderait à me relever !

— Bon, je vous laisse.

Sam crie en direction de Lou qu'il rejoint déjà au pas

de course.

— Ma croquette, j'arriiiiiiiiive !

De toute sa hauteur dominatrice, Izzie me contemple.

— Ça fait mal au cul de tomber de haut, hein ?

Est-ce qu'elle me pardonnera un jour ?

— Tu m'aides ?

Elle regarde mon bras tendu vers elle sans bouger d'un iota.

— Tiens ! dit-elle en m'envoyant sa paire de moufles en pleine poire. On va éviter de te ramener avec les mains abîmées.

La perche est trop belle, j'ose un brin d'humour pour détendre l'atmosphère. Après tout, qui ne risque rien n'a rien, a dit Lou.

— Ce serait vraiment du gâchis que je ne puisse plus faire bon usage de mes dix doigts….

— Debout, gros malin, dit-elle sèchement en attrapant ma main.

C'est alors qu'au lieu de me laisser relever, sur un coup de tête je l'attire vers moi. Surprise par mon geste, elle perd l'équilibre. Nous nous retrouvons corps à corps et sans réfléchir je colle mes lèvres aux siennes. Le temps se fige dans un baiser dans lequel Izzie se fond avec moi.

— Tes lèvres m'avaient vraiment manqué…

J'aurais mieux fait de me taire. Se reprenant brusquement, elle se redresse.

— Si tu crois que tu vas me faire craquer…

Ça marche peut-être avec les autres, mais pas avec moi.

Sans relever sa pique, je réussis maladroitement, à me remettre vertical et déterminé.

— On y va, on patine ?

— Ah ça, c'est sûr, toi et moi on patine dans la semoule.

— Très drôle, Izzie.

Elle me tire d'un coup sec par la main et m'entraîne.

— Leçon numéro 1 : se tenir légèrement penché en avant pour éviter de s'étaler comme une grosse merde.

Ah, elle se fout de ma gueule, attends voir un peu…

— Si jamais ça arrive, marche moi dessus, ça te portera bonheur.

— Ah, ah, très drôle, Aidan.

Elle a beau faire comme si de rien n'était, je sais ce que j'ai perçu à l'instant pendant notre baiser : je ne suis pas le seul à ressentir ce que je ressens. Nous sommes toujours aussi aimantés l'un par l'autre.

34
IZZIE

15 décembre

Aucune volonté ma pauvre fille ! T'es nulle de chez nulle ! Pff... ah non, non, il n'est pas question qu'Aidan s'en sorte de cette façon, ce serait trop facile. En même temps... c'était bon, j'en avais tellement envie, ses lèvres sont si moelleuses, et sa langue... *Bon, stop, ça suffit, espèce de crétine ! Reviens tout de suite sur terre, enfin sur la glace.*

— Tu ne comprends rien, décidément, je t'ai dit de balancer les bras pour t'équilibrer, Aidan.

— *Enough**, j'arrête.

Contre toute attente, il fait demi-tour et commence à patiner comme il peut vers le bord du lac. Je le rattrape.

— Je vois que tu laisses tomber à la moindre difficulté.

— Je ne suis pas le seul.

Je ne l'ai pas volée celle-là. Bon d'accord, je suis peut-être un peu énervée et agressive mais, merde, j'ai des raisons !

— En même temps entre se faire virer par la fenêtre comme une malpropre après une nuit d'amour et patiner comme une bite molle,

*Assez.

quel rapport, tu peux me le dire ?.

Ah, ça fait du bien. Vu la tête d'Aidan, c'est ce qu'on appelle un « direct » bien envoyé. Du coup, j'en rajoute une couche.

— Eh non, tu ne peux pas, parce qu'il n'y a aucun rapport.
— Ok, Izzie, c'est mérité. Je déclare forfait.

Il s'échoue sur le banc et commence à délacer ses patins.

— Qu'est-ce que tu fais, tu vas remonter en chaussettes ?

Sans me répondre, carrément pieds nus dans la neige, il franchit la dizaine de mètres qui nous sépare de la cabane. Je ne peux pas m'empêcher de sourire intérieurement.

À ce moment-là, Sam et Lou déboulent dans mon dos en me bousculant de part et d'autre :

— Vin chauuuuuud !

Ils quittent la glace pour la terre ferme et avancent comme des canards sur leurs patins en riant. Sam s'engouffre dans la cabane et Lou se retourne vers moi.

— Bah alors, tu viens ?

J'avoue que j'y vais un peu à reculons. *Je crois que j'y suis allée un peu fort avec Aidan.*

Entre temps, il a commencé à neiger. À travers les flocons qui dansent dans la pénombre, nous nous dirigeons vers la maison éclairée, Lou et Sam au

milieu, Aidan à un bout, moi à l'autre. Lou s'adresse à lui :
> — C'est la tradition, après on va toujours boire un vin chaud chez Yvonne et Pierrot. Ils font tables d'hôtes.

Sam enchaîne avec une tape amicale dans le dos d'Aidan.
> — C'est la récompense après toutes tes pirouettes.

Pour dégivrer un peu la tension qui s'est installée entre nous, je mets de l'eau dans mon vin.
> — On pourrait revenir en plein jour pour des leçons de perfectionnement, si tu veux.
>
> — Pas sûr que je trouve le temps. C'est ma dernière semaine de tournage et après je repars.
>
> — Ah déjà ? s'exclame Lou, je ne m'étais pas rendue compte.

Moi non plus. Tout à coup, je sens une boule d'angoisse rouler dans ma poitrine, tandis que Lou enchaîne un peu lourdement :
> — Mais peut-être que tu auras une bonne raison de revenir nous voir... avec Matt par exemple.
>
> — Et tant qu'à faire si tu pouvais me ramener une belle écossaise, ou un bel écossais – je ne suis pas difficile – vous en pensez quoi les poulettes ?

Bien joué Sam ! Sa dernière réplique nous fait tous rire de concert. Lou, qui n'en rate jamais une, conclut :

— Comme ça le tableau de famille sera complet.

Elle attrape la main de Sam pour l'entraîner en courant vers la maison et crie :

— Le dernier arrivé paye la première tournée !

On se retrouve comme deux cons à rigoler bêtement pour masquer notre léger malaise. Nous échangeons un regard qui signe la fin de ce *round* mais peut-être pas encore du match…

35
AIDAN

15 décembre

— Allez les jeunes, venez au chaud.
Pierrot nous précède dans le salon-salle à manger où se dresse une grande table de ferme.

— Vous n'avez pas de clients ce soir ? s'étonne Izzie.

— Cette année, nous avons décidé de ne pas ouvrir la table d'hôtes la première semaine des vacances pour mieux profiter de nos petits-enfants, répond Yvonne la charmante épouse de Pierrot.

— Vous les emmènerez faire un tour de traîneau, j'espère, suggère Lou.

— Évidemment, ma petite musher, c'est prévu au programme.

Pierrot attrape un long bâton creux en bois, dans lequel il souffle doucement pour attiser les flammes qui s'élèvent dans la grande cheminée en pierre où l'on peut presque tenir debout.

— Étonnant cet objet.

— C'est un bouffadou, me répond Pierrot. Est-ce que vous savez que dans certaines régions, il désigne…

— Le trou du'c, le coupe Sam.

Éclat de rire général. Sam a encore frappé.

— En plein dans le mille, confirme Pierrot.

Je respire enfin, en me retrouvant chez ce couple accueillant et chaleureux dans cette ambiance amicale. Car, il faut bien le dire, je viens de traverser un blizzard : Izzie ne m'a pas épargné. Mais est-ce que je peux vraiment lui en vouloir ? C'est moi qui ai tout compliqué, je le sais bien, mais elle n'est pas simple non plus. Ne pas répondre à mes messages, ne pas vouloir entendre ce que je lui dis, à savoir la vérité, même si elle en doute, je peux comprendre qu'elle soit échaudée, mais au bout d'un moment il faut bien trouver une solution si on veut sortir de cette impasse.

De quoi tu parles ? Dans quelques jours tu ne seras plus là. Qu'est-ce que tu espères au juste ?

Me tirant de mes pensées, la voix d'Yvonne parvient de la cuisine :

— Avec les vins chauds, je vous mets une planche de charcuterie ou une mixte ?

— Une de chaque, Yvonne chou, trop sympa, répond Sam.

La soirée a bien commencé au coin du feu. Les autres en sont à leur troisième vin chaud, je me suis arrêté après le premier pour pouvoir nous ramener en toute sécurité. L'alcool a déjà rosi les joues d'Izzie qui visiblement se sent plus détendue, sans pour autant me regarder franchement. Pendant ce temps, nos hôtes ont gentiment siroté une tisane maison de myrtilles et de génépi.

— Je monte me coucher, annonce Yvonne. Je vous souhaite un bon retour.

— Nous n'allons pas tarder, dit Sam en jetant un œil à sa montre. Faut que je rentre à l'hôtel.

C'est alors que depuis l'escalier on entend Yvonne s'exclamer.

— Oh là, là ! Allez vite voir à la fenêtre !

Pierrot va tirer les rideaux. Incroyable ! Le paysage est devenu méconnaissable, d'un blanc presque lumineux et il neige à gros flocons.

— Les gros flocons, c'est signe de tempête, prévient Yvonne en redescendant pour aller consulter la météo sur l'ordinateur.

Par-dessus l'épaule de sa femme, Pierrot réagit aussitôt.

— Impossible de reprendre la route, y en a pour la nuit.

— Merde, mais ce n'était pas annoncé, s'énerve Sam.

— C'est ça la montagne, Samy, tu devrais savoir ça depuis le temps, lui rappelle Yvonne.

— Comment on va faire ? s'inquiète Lou.

Nous nous regardons tous les quatre, perplexes.

— Vous avez de la chance, nos petits-enfants n'arrivent que demain, enfin j'espère, si la tempête se calme. Prenez le dortoir, nous propose Yvonne. En revanche, il n'y a que trois lits, un quatrième dormira là, sur le canapé. Vous vous débrouillerez bien.

— Bon, voilà qui est réglé, déclare Pierrot. Allez, pour se remonter le moral, en l'honneur de l'Écossais…

Il pose une bouteille de whisky sur la table.

— Offert par la maison.

— C'est très gentil, Pierrot, merci beaucoup.

— Oh ! J'ai une idée : on va jouer le canapé du salon aux cartes.

— Quelle bonne initiative, Izzie, contre mauvaise fortune bon cœur, rigole Yvonne.

— Amusez-vous bien les enfants, bonne nuit, conclut Pierrot.

36
AIDAN

15 décembre

Nos hôtes sont partis se coucher et je lève mon verre.
— À cette soirée improvisée !
Nous trinquons tous les quatre.
— Eh, oh, on se regarde dans les yeux sinon c'est sept ans sans sexe, les copains, nous met en garde Sam.
Avec un sourire forcé, Izzie croise mon regard à la vitesse de l'éclair. De la voir avec son whisky sur le tapis devant la flambée me rappelle une certaine soirée pas si lointaine. Et pourtant ça me paraît à des années lumières. Dans mes pensées, je ne me suis pas rendu compte que je devais avoir le regard fixé sur elle.
— Oh, regardez Aidan, on dirait trop Kaa dans Le livre de la jungle : « Aie confiance, crois en moi… », chantonne Lou.
Sam se joint à elle :
— « … Que je puisse veiller sur toi, Izzie… ».
Celle-ci se retourne vers moi, les joues empourprées et me pointe d'un doigt accusateur. Cependant, elle ne peut contenir un petit sourire en coin.
— *Fuck off**, Naesmith.

*Va te faire foutre.

— Qu'est-ce que j'ai fait ? Je n'ai rien dit, moi.

Elle attrape le jeu de cartes sur la table basse et se met à les battre n'importe comment.

— Prêts pour le strip-poker ?
— Quoi ?!

Je manque de m'étouffer avec le whisky.

Izzie a bien dit ce que je viens d'entendre ?

Vu la tête hilare des autres, je crois bien que oui.

— Je t'ai connu moins prude, ironise-t-elle.
— C'est plutôt pour toi que ça me gêne parce que moi je suis le *king* du poker.
— Ça tombe bien, moi je suis la reine.

Ses yeux étincellent de défi. Puisqu'elle a lancé la première la joute du nom de famille, je m'engouffre :

— Très bien, jouons Bildman.
— Ça va, on ne vous dérange pas trop dans votre match de boxe ? ironise Lou.
— Si vous préférez jouer à deux, faut le dire, baille Sam. Nous on peut très bien aller se coucher.
— Certainement pas, s'empresse Izzie. Et en plus si ça se trouve c'est un de vous deux qui écopera du canap' !

Le jeu commence.

Izzie perd la première partie et, en pestant, enlève son pull, dévoilant un joli débardeur en dentelle noire qui laisse deviner son décolleté et me fait immédiatement bander. *Ça promet ! Ça va être dur de résister. Dur... c'est le cas de le dire.*

Contre toute attente, la bonne humeur générale, les rires et le crépitement du feu rendent la soirée très cosy. Chacun a perdu au moins une partie et des vêtements. La *Queen* du poker a un peu d'avance : elle est à présent en chaussettes et en culotte assortie à son débardeur. Et moi je suis de plus en plus à l'étroit dans mon caleçon... je porte, heureusement, encore mon jean.

— Bordel de cul de merde de jeu à la con !

Izzie, complètement bourrée, vient de perdre pour la troisième fois. Elle jette une chaussette en l'air que je rattrape au vol.

— Oh, c'est comme le bouquet de la mariée, tu diras oui avant la fin de l'année, glousse Lou, pas très fraîche non plus.

— Dépêche-toi Aidan, il est minuit passé, on est déjà le 16, il te reste pile deux semaines, articule péniblement Sam, la voix rendue pâteuse par le whisky.

— Rends-moi ma chaussette, Naesmith !

Si ça continue, elle va finir à poil et, égoïstement, j'ai envie d'être le seul à en profiter... *un jour, peut-être.* J'essaye de faire en sorte que le jeu s'arrête.

— Tu t'avoues vaincue, ça y est, on peut aller se coucher...

Le regard fiévreux que nous échangeons à ce moment-là m'électrise.

— Pas du tout, on continue, chache... chache... rhoo, ça m'énerve, chache que je n'ai jamais perdu aux cartes !

Elle me fait rire avec son entêtement que même l'alcool n'arrive pas à vaincre.

— Bon, ça suffit là, on est d'accord pour dire que nous avons gagné et que tu as perdu, ma poulette, dit Sam en se rhabillant. Bonne nuit tout le monde, moi je grimpe au palouiller... au, au poililler, bref vous avez compris.

— Je t'accompagne mon poilet, cot cot godet... michet ! caquette Lou sans se rhabiller.

Nous pleurons de rire tandis qu'Izzie et moi renfilons nos jeans. Manque de pot, elle a pris le mien et l'étroitesse du sien me fait tomber.

— Je vais me pisser dessus, piaille Izzie en filant aux toilettes.

Je suis en train de tisonner les braises dans l'âtre quand elle revient s'affaler sur le canapé.

— Pfiou, je crois que j'ai vraiment trop bu.

— Tu vas bien dormir.

Je viens m'asseoir à côté d'elle et, très doucement, j'ose le même geste qu'elle a eu pour moi la première fois : j'effleure sa joue de la pulpe de mon index. D'abord, ça a l'air agréable et elle ferme les yeux. Puis, elle les rouvre faiblement.

— Ne crois pas, parce qu'on est coincés ici... et que je suis cuite... que je te pardonne.

— Je sais Izzie.

Je vois qu'elle peine à garder les yeux ouverts.

— Allez, au lit.

— J'y suis, moi. C'est toi, le Père Noël, qui dois aller au lit pour me laisser aller au lit.

Même dans son drôle d'état, elle me plaît terriblement.

— Je vais prendre le canapé, tu seras mieux dans un vrai lit.

— Non, non, j'ai perdu… pour la première fois de ma vie…

— Mais on s'en fiche, Izzie, je vais t'aider à monter.

— Je me débrouille très bien toute seule.

Ma p'tite lutine si jolie m'abandonne à mon triste sort. En titubant légèrement, elle monte les marches qui craquent… *Comme moi.*

*

Malgré la couverture moelleuse laissée par Yvonne, impossible de trouver le sommeil. D'une part, le vent infernal se déchaîne dehors, d'autre part la dentelle noire des dessous d'Izzie danse la sarabande devant mes yeux clos. Soudain, bzzz… bzzz… non ce n'est pas un moustique, mais le vibreur de mon portable.

IZZIE : Tu dors ?

Je n'en reviens pas et mon cœur s'emballe.

AIDAN : Non. Toi non plus apparemment…

IZZIE : Sam ronfle comme un marteau-piqueur, l'horreur

AIDAN : Si tu veux on échange de lit ou… rejoins-moi

Sur l'écran s'affiche des petits points, signe qu'elle écrit, puis plus rien. Elle a dû effacer. Et finalement :

IZZIE : Et toi pourquoi tu ne dors pas ?

AIDAN : J'ai les pieds qui dépassent du canapé !

Elle m'envoie un smiley mort de rire et un petit cœur avec les doigts. Je me sens pousser des ailes.

AIDAN : Blague à part, je ne dors pas parce que je pense à toi...

Aucune réponse.

AIDAN : Izzie ?

IZZIE : Oui Aidan.

AIDAN : J'espère que tu me pardonneras un jour

IZZIE : Bonne nuit Naesmith.

AIDAN : Fais de beaux rêves Bildman.

Je guette d'autres éventuels petits points, mais non, c'est terminé. Elle n'est plus là. Il n'y a plus que moi, perdu dans le silence de cette nuit, au beau milieu d'une tempête de neige digne d'un film suédois.

37
IZZIE

La nuit du 15 au 16 décembre

Au secours, je vais devenir dingue ! J'ai eu beau essayer le coton et le PQ pour me boucher les oreilles, rien n'y a fait. Et là, avec l'alcool en plus, ce ne sont plus les ronflements d'un marteau-piqueur mais de tout un chantier. Sauve qui peut, je suis à deux doigts d'étouffer Sam avec mon oreiller. Je me demande vraiment comment fait Lou pour dormir comme un bébé. Bon, si je suis vraiment honnête, je dois avouer que savoir Aidan si près de moi et en même temps si loin m'empêche « aussi » de dormir.
Mon portable affiche trois heures du mat. Je vais descendre me faire un lait chaud, comme June me faisait quand j'étais petite, ça me fera du bien. *Lait chaud, mon cul ! À qui tu veux faire croire que c'est ça qui t'attire vers le rez-de-chaussée ?*
Je repousse la couette. Brrr, ça caille ! Je m'enroule dans le couvre-lit et me faufile en dehors de la chambre.

Le silence est total. Toute la maisonnée dort. En passant devant l'œil-de-bœuf, je m'arrête, saisie par ce que je vois. La lune presque pleine illumine le manteau blanc magnifique qui enveloppe tout le paysage. La tempête qui faisait rage, il y a encore

quelques heures, a laissé place à une vision lunaire. C'est extraordinaire, comme un rêve. Je descends l'escalier sur la pointe des pieds pour faire le moins de bruit possible. Malgré mes efforts, les marches craquent.
    — Izzie ? chuchote une voix rauque ensommeillée.
Mon cœur bondit. Cet homme a un sixième sens même en dormant. C'est vrai, quoi, ça aurait pu être quelqu'un d'autre... *Sauf que c'est toi grosse maligne, t'as voulu descendre, assume !*
    — Izzie ?
    — Oui... j'ai soif. Dors !
Silence.

Côté cuisine, je m'affaire le plus discrètement possible. J'ai juste allumé la petite lampe qui diffuse une douce lumière orangée afin de m'éclairer un minimum.
Côté salon, rien ne bouge. Il a dû se rendormir. Tant mieux. *Tant mieux ?... À d'autres !* Je fais chauffer le lait et remue doucement pour qu'il n'y ait pas de peau à la surface, j'ai horreur de ça. Sur le vaisselier en pin, je choisis un mug avec un gros cœur rouge. On dirait qu'il est fait pour moi. C'est mon truc, j'en ai toute une collection. Je trouve même des cailloux en forme de cœur !
Je commence à remplir le mug, en me concentrant pour ne pas en faire tomber à côté, quand la voix d'Aidan me fait tressaillir.
    — J'en veux bien moi aussi.

Sa silhouette se détache dans la pénombre. Évidemment, j'ai renversé la moitié du lait sur le plan de travail.

> — Flûte ! Je vais en refaire.
> — Tu vois quelque chose avec cette petite lumière ?
> — Suffisamment…

Il est tout près de moi ou c'est un mirage ? En tout cas, on dirait qu'un tambour a élu domicile dans ma poitrine. *Est-ce qu'il entend le vacarme que fait mon traître de cœur ?* Pour l'assourdir, je dis n'importe quoi.

> — On pourrait mettre de la cannelle, c'est une recette indienne pour faire de beaux rêves.
> — Tu veux dire… des rêves érotiques ?

Ses yeux brillent et moi je fonds. Sauf qu'au lieu de fondre, je fais un pas en arrière. J'ai la bouche sèche, une petite boule de trac, je déglutis. J'ai l'impression qu'on ne voit que ça, mon gloups.

> — N'aie pas peur je ne vais pas te sauter dessus.

Je tente d'éjecter le fantasme « interdit au moins de 18 ans » qui s'est emparé de mon faible cerveau, mais c'est raté. Et en plus, Aidan prend le mug avec le cœur vert… Je souris intérieurement. À nous deux, nous sommes les couleurs de Noël, rouge et vert, parfaitement assortis. *Izzie, stop ! Tu t'aventures dans des contrées dangereuses.*

Dans nos deux mugs de lait fumant, je saupoudre généreusement la cannelle.

— Tu vois, je n'ai pas peur.
— Je vois…

Son cœur vert vient trinquer doucement avec mon cœur rouge. Nous buvons une gorgée.

— Pas mal la recette des rêves indiens.

Je me sens rougir sous son regard qui me brûle, alors qu'il enchaîne :

— On est bien ici.

Trop, trop bien…
Ah, si je m'écoutais, au lieu de rester le cul entre deux chaises… mais la vérité c'est que je suis morte de trouille, alors je me dégonfle.

— Oui, je sais. J'ai passé toutes mes vacances d'enfant ici. C'est sur ce lac que j'ai appris à patiner. Je suis contente d'être de retour... pour de bon.

— Ah, c'est ça ! Il me semblait bien avoir capté un truc avec ta grève des aiguilleurs. Pourquoi tu ne me l'as pas dit tout simplement que tu ne partais plus ?

— À ce moment-là, je n'avais aucune envie de te parler de moi, ni de te parler tout court d'ailleurs.

— Je peux remercier la tempête de neige, alors.

— Oui, en quelque sorte. Enfin, si tu peux entendre que j'ai décidé de reprendre ma vie en main. Je reste ici avec June au *Cottage Café*. Finies les relations toxiques dans le boulot à Londres, comme dans la vie privée…

Voilà, ça c'est fait. Néanmoins, je ne m'attendais pas

à la tête que fait Aidan. Il a l'air désorienté comme s'il croyait que ce « toxique » s'adressait à lui, alors que je pensais à Lawrence, bien sûr.
Tu n'y as pas mis une toute petite intention pour Aidan, par hasard ?
En tout cas on dirait qu'il a reçu un uppercut, il en bégaye presque.

> — Inverness / Londres ce... ce n'est pas la porte à côté, mais... mais un peu plus près tout de même que Inverness / Montriond. Bêtement, j'avais imaginé que...

J'ai l'impression d'avoir mis les doigts dans une prise électrique tant le courant qui me traverse des pieds à la tête est puissant.

> — T'avais imaginé quoi... ?
>
> — Je ne sais pas moi... peut-être... une histoire sans fin.

Mes pensées rationnelles semblent être engluées dans une sorte de mélasse. *Au feu mes bonnes résolutions !* Soudain, je me souviens de la case du jour du calendrier Kamasutra : *«Profite de la nuit de la glisse».*

J'ai une furieuse envie d'embrasser l'homme qui se tient près de moi, si près que je sens son souffle sur ma peau.

Alors je lâche tout, je me dresse sur la pointe des pieds, je prends son visage entre mes mains et, dans un baiser magnétique, mes lèvres en feu fusionnent enfin à nouveau avec les siennes.

38
IZZIE

16 décembre

La clarté du petit matin m'éblouit sous mes paupières closes. Je plisse les yeux qui me piquent un peu. Forcément, je n'ai dormi que quatre heures.
Plutôt, nous avons dormi… dans les bras l'un de l'autre. *Je veux dire vraiment dormi, et rien de plus.* Et malgré le rien de plus, c'était bon, presque le bonheur. Je ne sais plus qui a dit, grosso modo, qu'on peut coucher avec beaucoup d'hommes, mais il n'y en a qu'un seul avec qui on a envie de dormir. *« Aussi » envie de dormir, mais pas que,… Eh, oh, calmos, l'excitos !*
Je n'ose pas bouger. De toute façon, impossible tellement Aidan est lové tout contre moi. Je sens sa cage thoracique se soulever dans mon dos au rythme de sa respiration régulière.

Quelques instants plus tard, l'odeur alléchante de bacon grillé et de café vient chatouiller agréablement mes narines. Il ne doit pas y avoir que moi car il commence à bouger et me chuchote à l'oreille.
— J'ai envie de toi.
Moi aussi, tellement. Mais, pas si vite, mon bel écossais… chi va piano va sano*.

*Qui va doucement va sûrement

De toute façon, et ça tombe à pic, Yvonne crie joyeusement pour toute la maisonnée :
— Le p'tit déjeuner est servi !!
— On se lève ?
— Dans mon état, c'est juste impossible, me susurre-t-il. Tu me fais trop d'effet.
— Moi, j'ai une faim de loup.
— De moi ?
— … Des pancakes maison au sirop d'érable d'Yvonne.
— Mmmm… On est taquine, ce matin, Bildman.
— Disons… prudente, Naesmith.
À ce moment-là, Sam et Lou dévalent l'escalier.
— Yeaaaah, Victoire !
— La France et l'Écosse ont fusionné.
Pour toute réponse, je leur balance un coussin. Ils pouffent de rire en allant direct à la cuisine.

Je laisse Aidan se calmer… et je vais les rejoindre. Aussitôt, Lou me saute dessus.
— Je suis trop contente pour toi.
— Tout doux, ma Lou, tout doux, on ne s'emballe pas.
— En tout cas, vous vous êtes bien emballés cette nuit, apparemment.
— On a juste dormi ensemble.
— C'est ça oui, Iz, tu ne vas pas me faire croire que…
— Moi ce que je dis, intervient la maîtresse de maison, c'est qu'il faut vraiment s'aimer pour

dormir dans ce canapé à deux.

— Je suis d'accord avec vous, Yvonne, déclare Aidan, plus séduisant que jamais, en entrant en scène.

— Oh, ch'est beauuuu, s'extasie Sam, la bouche pleine de bacon.

Si je ne dis rien c'est qu'une vague de chaleur traverse mon corps, mon palpitant s'affole et mes yeux s'arriment aux yeux d'Aidan. À cet instant, le monde autour de nous disparaît et j'ai l'impression de m'élever pour flotter au-dessus de la réalité comme les amoureux dans *La La Land**.

— Au fait, il est où Pierrot ? demande Lou.

— Il est allé déblayer la neige pour que vous puissiez repartir le plus vite possible, explique Yvonne.

Patatras. Je retombe d'un coup de mon p'tit nuage.

— Faut vraiment que je sois à l'hôtel avant neuf heures, grouillez-vous les potos.

— Y'a pas que toi, Samy, moi j'ai mes chiens à nourrir et ma première balade dans deux heures.

— Preum's pour la douche, je dis, histoire de dire quelque chose, en prenant deux pancakes d'un coup et en filant au premier étage.

Aidan me rattrape dans l'escalier en saisissant ma main pour me retenir un peu. Avant que j'aie eu le temps de réagir, il me glisse dans le cou un baiser sensuel du bout de la langue. Et là, je n'ai qu'un désir, l'entraîner sous la douche et qu'il parcourt lentement,

*Film de Damien Chazelle

beaucoup, passionnément à la folie mon corps tout entier en ébullition.
La voix de Sam m'arrache à mes fantasmes.

> — Youhou, c'est pas le moment. Je répète, on met le turbo là, les potos. Gardez vos ardeurs au chaud !

39
AIDAN

16 décembre

— ATTENTION !!!!!

Un chœur de cris retentit dans la voiture. J'ai juste le temps de piler et, forcément de déraper un peu pour éviter un chamois qui traverse à toute berzingue la route.

— Oh, Aidan, tu dors ou quoi ? lance Lou en me tapant sur l'épaule.

— Eh, on ne frappe pas le conducteur.

Décemment, je ne peux pas lui répondre que, non, je ne dormais pas, mais que j'étais au contraire très éveillé, en train de faire jouir Izzie avec mes doigts et ma queue en même temps.

— T'as failli nous envoyer dans le décor. Tu veux que je conduise ? me propose Sam.

Dans le rétro, je croise le regard d'Izzie. Je serais prêt à parier qu'elle a le même fantasme que moi.

— Oui, je crois que ça vaut mieux.

Profitant d'un sentier pour me garer, je donne ma place à Sam. Il repart sur les chapeaux de roues sur cette route qu'il connaît depuis toujours.

— C'est un signe. Lao-tseu a dit : Quand un chamois croise la route d'une jeune et jolie femme, elle doit y aller corps et âme, déclame Lou sur le ton d'un grand sage chinois.

— Tu viens de l'inventer, là, se marre Izzie.

— Pas du tout, c'est un proverbe d'une montagne sacrée en chine, le mont Tai.

— N'importe quoi, ma croquette, rigole Sam.

— Et elle doit aller où, d'après Lao-Tseu ?

— Oh Aidan ! Les mecs, vous êtes désespérants, il faut vraiment vous faire des dessins, ma parole, soupire Lou.

— J'ai trouvé, s'écrie Sam. Dans la tanière du loup, se faire brouter le minou !

— Ça y est, c'est reparti, se désole Izzie en riant sous cape malgré tout.

— Quand c'est parti, ça recommen-en-en-ence, fredonne Lou à tue-tête.

Je profite de l'atmosphère légère pour mettre aussi mon grain de sel :

— Lao-Tseu, priez pour nous, pauvres pêcheurs…

— … De moules, conclut l'incorrigible Sam, dans un éclat de rire général.

Et il ajoute avec un clin d'œil…

— Hein, Aidan !

… En m'envoyant son poing dans l'épaule avec un petit air graveleux.

Aussitôt, ça plombe l'ambiance et Lou s'empresse de riposter.

— T'es lourd, Sam.

De retour au village, les deux autres filent comme des flèches à leurs obligations, nous laissant sur la place en tête à tête, un peu embarrassés.

— Moi aussi, il faut que j'y aille, June m'attend.
— On pourrait se retrouver ce soir, peut-être ?
— Ce soir, je vais rester avec elle.
— Tu fais deux pas en avant, trois en arrière... En fait, tu n'as pas digéré, tu me fuis toujours.

Visiblement, Izzie ne s'attendait pas à ce que je mette le doigt là où ça fait mal.

J'aurais aimé le mettre là où ça fait du bien, ma p'tite lutine...

— Désolé, c'est un peu rude, mais il fallait que ça sorte. Tu ne m'as pas laissé t'expliquer, mais je te demande une dernière fois de m'écouter pour que tout soit clair. Il n'y a absolument rien d'autre qu'une relation professionnelle entre Victoria et moi. Sur le plan intime, c'est quelqu'un de très seul... elle s'est inventée une vie et malheureusement, elle m'a mis dans sa boucle. C'est peut-être dur à croire, mais c'est vrai.

Izzie reste silencieuse, mal à l'aise, une petite moue aux lèvres. Je voudrais la prendre dans mes bras pour l'emmener dans ma tanière. À défaut, je reste sans bouger comme elle. Nous nous regardons dans un silence criant de sous-entendus où tout se mélange, le désir, la tendresse, le regret aussi de tous ces jours gâchés alors que ça aurait pu être si simple. Sa voix un peu triste me tire de mes pensées.

— Bon... j'y vais. À plus tard...

Je la suis des yeux jusqu'à ce qu'elle pousse la porte du *Cottage Café*. Juste avant d'entrer, elle se retourne vers moi comme si elle savait que j'étais toujours là à l'attendre. Au même moment, sa grand-mère apparaît sur le seuil et l'embrasse. Il est temps pour moi de tourner les talons, quand...

— Aidan ! Venez. J'ai quelque chose à vous demander.

— Tout ce que vous voulez, June, j'arrive.

Elle s'assoit en face de moi, après m'avoir servi une énorme part de cake au citron juste sorti du four, tandis qu'Izzie prépare du café.

— Voilà. Comme vous savez, cette année, les parents d'Izzie ne sont pas là.

— Bah, Mamie, comment veux-tu qu'il le sache ?

— Bah, maintenant il le sait. Or, traditionnellement, ils vont tous les trois chercher les sapins de Noël, pour ici et pour la maison, au domaine du vieux Noel.

Elle se penche vers moi en chuchotant comme une communiante se confessant.

— J'ai trois ans de moins que lui, m'annonce-t-elle toute fière.

— Je ne le connais pas, mais je suis sûr que vous en faites facilement dix de moins.

— Rhooo ! Quel flatteur, glousse June, j'adore ça.

Izzie dépose sur la table deux cafés avec un petit regard qui m'est destiné.

— J'en étais où, moi ?

— Aux sapins, mon p'tit poussin.

— Ah oui ! Donc, j'ai pensé que vous pourriez y aller tous les deux.

Le regard d'Izzie semble dire oui.

— Aidan, vous êtes avec moi ?

— Oui, oui, June, je vous écoute.

— Vous ne faites pas votre film demain, c'est dimanche.

— En effet.

— Parfait. Et comme ça, nous pourrions décorer le sapin du Café, tous ensemble, à votre retour. Alors, c'est d'accord ?

Je me penche vers elle sur le ton de la confidence, mais suffisamment fort pour qu'Izzie m'entende.

— Vous savez, June, pour Izzie, je crois que je pourrai déplacer… toute une forêt de sapins.

40
AIDAN

17 décembre

À peine assise à la place du passager, Izzie s'est endormie après m'avoir dit qu'elle avait passé quasiment une nuit blanche. La tête légèrement penchée sur le côté, elle a un petit sourire aux lèvres.
Si je ne conduisais pas, j'aimerais l'embrasser encore, encore… et encore !
Arrivés à destination, je caresse tout doucement sa joue pour la réveiller. Elle ronronne en ouvrant les yeux.
— Bonjour Naesmith.
— Tu avais l'air si bien.
— Je le suis.
Elle aurait pu dire « je l'étais », mais elle parle au présent.
J'attrape délicatement sa main et y dépose un baiser.

Dommage que je ne puisse pas inclure « Le Domaine de Noel » dans mon documentaire. J'ai l'impression d'être dans un conte avec partout des décorations géantes de Noël. Cerise sur le gâteau ou plutôt guirlande sur le sapin, Izzie vient de m'apprendre que le nom de la plantation n'est pas un hasard, c'est bien le nom de son propriétaire. C'est presque trop beau pour être vrai. Je vois ce que June a voulu dire en parlant du vieux Noel, encore que moi je dirais plutôt le Père Noël en personne. Tout y est, l'auréole de boucles blanches, assortie à la barbe, et même la bedaine sous la polaire rouge. La panoplie complète !

Nous croisons un père de famille avec ses enfants qui repartent avec un immense arbre fraîchement coupé. Les quatre petits aident fièrement à tirer le sapin dans la neige. Le « Père Noel », sans tréma a précisé Izzie, vient vers nous en retirant ses gants de travail, et il ouvre grand ses bras.
 — Viens là, ma petite anglaise !
Izzie va l'embrasser et elle disparaît presque dans l'énorme étreinte.
 — Tu te portes toujours aussi bien, glousse-t-elle affectueusement, en tapotant son gros ventre.
 — Chaque année, quand elle revient, elle fait pareil que quand elle était petite, rigole-t-il en me saluant d'une forte poignée de main de bûcheron. C'est ton fiancé ?
Je tourne la tête vers Izzie qui en reste muette. Il enchaîne très vite :
 — Je dis ça parce qu'elle n'est jamais venue avec quelqu'un d'autre.
Comment dois-je prendre ce privilège incroyable ? En tout cas, mon cœur, lui, se pince d'émotion.
 — Ça va, tes parents, leur voyage ? poursuit Noel.
Izzie semble revenir à elle et bredouille.
 — ... Oui... super.

— Tant mieux. Allez, c'est parti ! Prenez une luge, jeune homme, y a tout ce qu'il faut avec : scie à traction…

— … Scie tronçonneuse, gants et cordes, enchaîne Izzie en souriant.

Le Père Noel part d'un bon gros rire.

— Vous êtes entre de bonnes mains, elle connaît la sapinière par cœur.

*

Seul le bruissement de la grande luge en bois que je tire par la corde accompagne le silence sur le chemin étroit au cœur de la forêt blanche.

— J'espère que ta mauvaise nuit, ce n'est pas à cause de ce que je t'ai dit hier en rentrant de chez Pierrot et Yvonne ?

— Au contraire. Tu avais raison, je n'avais pas digéré.

Elle parle au passé ou j'hallucine ? Ça veut dire que ça y est, on efface tout et on recommence… ?

— Et ce n'était pas du tout une mauvaise nuit. Je dirais même très agréable… et en bonne compagnie.

— Arrête, tu me fais peur.

— Je t'embête, hein ? Mais non, j'ai passé la nuit devant mon ordi. J'ai presque fini d'écrire mon texte, enfin le premier jet.

— Formidable … j'avais compris que c'était ton rêve, un projet, mais… je ne savais pas que tu étais en plein dedans, bravo.

— Ce n'est pas « À la recherche du temps perdu » non plus, c'est un petit roman.
— Petit roman deviendra sûrement grand. Tu as un éditeur ?
— Je ne sais pas encore vraiment. En tout cas, oui, j'ai reçu une réponse encourageante après mon premier envoi à un éditeur de Londres, il y a une dizaine de jours.
— C'est à peu près quand on s'est rencontrés ou je me trompe…
— … À peu près, reprend-elle avec un petit air malicieux.
— Je suis très touché que tu me racontes ce qui te tient à cœur, ça prouve que tu me fais confiance.
— Oh regarde ! s'exclame Izzie sur un ton enfantin en pointant le bleu du ciel.
Là-haut plane un aigle majestueux.
— Un aigle royal, c'est hyper rare.
— Comme toi, Bildman, comme toi.
Izzie s'arrête. Du coup, moi aussi. Elle se balance drôlement d'une jambe à l'autre comme si elle hésitait, puis finalement :
— On repart à zéro ?
Si je croyais en Dieu, je le remercierais pour ce cadeau. Je réalise que depuis dix jours et dix nuits, je n'attends qu'elle.
— Il n'y a rien au monde que j'aimerais plus, mais…
Allez, mec, courage, va au bout !

> — … mais pas avant que je t'aie tout dit. Il y a un an, j'ai fait l'erreur de coucher avec Victoria. Elle me l'a bien fait payer et malheureusement tu en as aussi fait les frais. Je suis désolé de reparler de ça, mais je tenais à te le dire.

Silence. Seulement le pépiement des oiseaux comme une ponctuation légèrement espiègle.
Nous nous remettons en marche.

> — À mon tour, je suis touchée par ton honnêteté. Mais on a tous un passé. Moi aussi. Donc ça ne me regarde pas. L'important c'est le présent, Aidan…

Waouh, Elle a fait un sacré chemin, ma lutine, depuis « l'incident ».

> — … Et le présent, ici et maintenant, c'est ça.

Notre chemin débouche, en effet, sur une vision irréelle. Devant nous, majestueuse et impressionnante, une cascade givrée déploie ses mille et une stalactites. C'est une merveille de la nature, grandiose et mystérieuse. Aussitôt, me traverse une idée qui m'apparaît évidente.

> — Je crois que j'ai trouvé l'image manquante de mon film. Et c'est toi qui me l'as donnée.

Izzie se tourne vers moi avec son sourire irrésistible.

> — On appelle cet endroit « le voile de la mariée ».

Cette fois, je n'y résiste pas.
Je l'attrape dans un déchaînement de désir, auquel son corps, que je soulève, répond au mien dans le plus beau des consentements. Je la fais tournoyer, son

visage se renverse de joie, et nous nous embrassons encore, encore, et encore…

41
IZZIE

17 décembre

Ses bras qui me soulèvent font tomber mes dernières défenses. Le velouté, la moiteur, la fièvre de ses lèvres et de nos langues qui s'enroulent de plus en plus fort, mues par une force tendre et sauvage à la fois, m'entraînent dans une tornade vertigineuse dont je ne veux plus jamais me passer.

Tout en m'emportant vers le premier sapin, Aidan me dévore de baisers, explore mon cou de la pointe de sa langue. *Ça me rend folle !* Mes mains se perdent dans l'épaisseur de ses cheveux que j'agrippe. Il respire si fort qu'il grogne presque en me plaquant contre le tronc. Son corps se colle tellement au mien que nous pourrions presque nous fondre dans l'arbre. Un parfum de résine, enivrant, m'envahit. Nos regards passionnés s'enchaînent l'un à l'autre et nos souffles se font de plus en plus pressants.

Malgré l'épaisseur de nos vêtements, je sens la vigueur de son sexe bandé sur mon bas ventre qui fait du trapèze au milieu d'un hammam brûlant. C'est alors que sa langue s'aventure sur le lobe de mon oreille, qu'elle pénètre petit à petit dans une spirale de douceur inouïe. Tous ces jours à me retenir, toutes ces nuits solitaires, peuplées de rêves érotiques, à me caresser en pensant à lui, je n'en peux plus d'attendre, je le veux maintenant.

Ma main se fraye un chemin sous sa doudoune ouverte pour se faufiler dans son jean, j'ai besoin de sentir palpiter sur ma peau la chair tendue à l'extrême de son désir. Lentement, entre mes doigts fervents, je fais aller et venir sa queue turgescente. Aidan gémit sous la délicieuse caresse. Dans une délicate morsure, il s'empare à nouveau de ma bouche, tout en glissant sa main jusqu'à mon entrecuisse humide qu'il commence à exciter. Je suffoque presque de plaisir quand, écartant mon intimité, il me pénètre avec un, puis deux doigts. Sous la pression de son majeur et de son index qui vont qui viennent, je m'ouvre davantage en ruisselant alors que son pouce titille mon clitoris gonflé comme si mon sang bouillonnait. Je suis au bord de l'explosion.

— Encore... encore, ne t'arrête pas.

— Jamais, je ne m'arrêterai jamais, Izzie, mon amour.

Les mouvements de sa main s'accélèrent. Ma bouche fusionne avec la sienne, je mords ses lèvres. Il ne me quitte pas des yeux. Son regard intense, ardent me renverse. Je suis au bord de l'évanouissement lorsque mon cri de jouissance résonne dans toute la forêt dans une grande envolée de bruissement d'ailes.

Je ne ressens pas le froid glacial autour de nous tellement l'embrasement de nos corps et de l'extase me fait perdre toute notion de réalité.

Devant la cascade givrée, la température n'a jamais été aussi chaude.

Une larme de bonheur glisse jusqu'à l'ourlet de ma bouche où Aidan la recueille du bout des lèvres.
    — Comme ça, je connaîtrai tes pensées.

Tout au fond de moi, je le sais, nos deux âmes se sont trouvées, comme nos corps. J'aimerais tellement lui dire que je... mais je n'ose pas... j'espère que je pourrais lui dire un jour.

En attendant, je lui révèle tout de même une partie de mes pensées, et pas des moindres.
    — Je te veux tout entier... À mon tour, je vais te faire jouir comme tu n'as jamais joui.
Ses yeux suspendus aux miens, j'ai du mal à ralentir les battements fous de mon cœur. Le regard qu'il pose sur moi à ce moment-là me transperce à nouveau de désir. Je repars amoureusement à l'assaut de sa bouche avide de la mienne quand, soudain, la frénésie de nos baisers est coupée dans son élan.
    — C'est par là, les enfants !
    — On arrive, maman.
Nous nous regardons, interloqués par ces voix aigües qui s'approchent et nous arrachent à notre bulle érotique. Dans notre espace-temps suspendu, on avait complètement oublié le reste du monde !
Aidan s'écarte de moi et reboutonne autant que faire se peut son jean bombé à bloc. J'essaye de remettre un peu d'ordre dans ses cheveux comme dans les

miens. Nous échangeons un rapide baiser complice, en riant devant l'incongruité de la situation.
— Tu ne perds rien pour attendre, je lui susurre à l'oreille, l'air coquin et prometteur.

42
AIDAN

17 décembre

 Je ne perds peut-être rien pour attendre, comme a promis Izzie, mais le temps a joué contre nous. Ma belle lutine n'y est pour rien. Après l'arrivée des intrus dans la sapinière, la première famille entraînant tout un défilé, pas le choix, il a fallu évidemment faire ce pour quoi on était venus : choisir les deux sapins, les scier à la sueur de notre front (c'était pas de la tarte, mais c'était chouette), puis les charger sur la luge, traîner leur poids jusqu'à la voiture où on a bien dû les faire entrer (ce qui n'a pas été une mince affaire et qui a érigé une barrière verte entre nous pendant tout le trajet – on a même pas pu se toucher du bout des doigts –). Sans compter qu'après, on a déposé d'abord un sapin chez June (où on a tout de même réussi à se galocher comme des gamins en rut), mais ça n'a pas duré car Izzie devait vite la rejoindre pour l'aider au *Cottage Café* où nous avons dressé ensuite le deuxième sapin. Et moi, j'ai l'impression de ne pas avoir débandé depuis la cascade du voile de la mariée !

Je savais que ce n'était pas une bonne idée de donner rendez-vous au *Cottage Café* à mon assistant pour préparer le plan de travail, mais je n'avais pas envie de quitter des yeux celle qui obsède mes pensées et pas que mes pensées.

— … Et bite, et con, cul, chatte, pipe, et double péné…

C'est en voyant l'air ahuri des gens qui se tournent vers notre table que je réalise d'un seul coup ce que James est en train de débiter.

— Oh, ça ne va pas de dire des trucs comme ça ici, qu'est-ce qui te prend ?

— Ah bah, enfin ! Je me demandais quand est-ce que t'allais te décider à m'écouter. Bien sûr, tu n'as rien entendu des changements de plans que j'ai prévus pour le tournage de demain.

— *Sorry, man,* je suis complètement ailleurs.

— Pas la peine de préciser, Aidan, j'avais remarqué.

C'est-à-dire que, à part le petit cul d'Izzie moulé dans son pantalon qui va et vient devant moi et ses regards amoureux qu'elle me lance comme deux bouquets entre les tables, plus grand-chose d'autre n'existe.

Je n'en reviens pas d'être à ce point déconnecté après, soyons réalistes, si peu de temps.

*

— Tu me passes deux boules, Aidan ?

— Lesquelles tu veux, Izzie ? Les petites ou les grosses ? dis-je le plus sérieusement possible.

Izzie pouffe de rire. Perchée sur un tabouret, elle

décore le haut du sapin avec une telle grâce et je me demande si j'ai déjà été aussi amoureux.
Est-ce que j'aurais trouvé THE ONE ? Une petite Frenchie ?

Une fois les clients partis, William et moi avons sorti des placards les cartons de décorations, et nous nous sommes mis tous les quatre au travail. June a choisi un CD de chants traditionnels de Noël qu'elle fredonne en chœur avec Izzie.
> — Cette année, exceptionnellement, c'est Aidan qui va accrocher l'ange, déclare joyeusement la patronne.
> — Vous êtes sûre, June ? Je ne voudrais pas déranger vos habitudes.
> — Il va falloir que je vous le répète combien de fois ? Vous faites partie de la famille.
> — Je crois vraiment que tu le mérites, mon garçon. Sans ton intervention... notre chère June...

La voix de William s'étrangle tandis que June le gronde gentiment.
> — Assez parlé. Tu veux tous nous faire pleurer ou quoi ?

William étouffe un petit rire et se rapproche de June qu'il prend doucement par l'épaule. Ils échangent un sourire bienheureux. Il y a comme un petit flottement où l'émotion que nous partageons tous est palpable. D'autant plus que *The Supremes* entonnent le fameux *White Christmas*.
C'est le moment de placer l'ange en haut du sapin qui

achève l'habillage de l'arbre de Noël.

Applaudissement général. Je murmure discrètement à Izzie, en passant :

— Mon ange, c'est toi.

On entend un petit raclement de gorge et June annonce :

— On va vous laisser, mes enfants. Ce soir, c'est sacré, j'ai tricoté et ragots chez les jumelles. Et peut-être qu'après... je découcherai.

Tout en parlant, elle a pris la main de William. Izzie les regarde avec une tendresse infinie.

— Vous êtes beaux tous les deux.

— Ma petite chérie... vous aussi, vous êtes beaux, Aidan et toi.

— Bon, arrêtez les filles, sinon c'est moi qui vais verser une larme pour de bon, renifle William.

— C'est vrai que c'est émouvant de constater que l'amour n'a pas d'âge, dis-je en prenant Izzie par la taille.

Elle a un petit frisson, puis laisse aller sa tête sur mon épaule.

Sur le départ, June adresse un clin d'œil de complicité à sa petite-fille :

— N'oubliez pas d'ouvrir la case du jour, les amoureux...

À peine la porte s'est-elle refermée sur eux que, dans un même mouvement, nous nous retrouvons aimantés par un baiser incendiaire.

Alors que je ne m'y attends pas, elle se détache doucement de mes bras et, sans un mot, volète comme la fée Clochette vers la porte. Clic-clac, elle nous enferme à clé, avant de tirer le rideau rouge tout le long des fenêtres. Mais je ne suis pas au bout de mes surprises, on dirait qu'elle prépare une cérémonie.

Virevoltante, elle revient et passe devant moi en me faisant « chuuuut », un doigt sur ses lèvres encore humides de notre baiser. Elle passe derrière le bar. Je l'entends craquer une allumette. C'est seulement maintenant qu'elle éteint les lumières. Nous sommes plongés dans la pénombre que seule la petite flamme vacillante d'une bougie éclaire en frémissant. Comme nous. Car, presque sans que je m'en sois rendu compte, Izzie m'a entraîné vers la table du fond. Là, toujours sans un mot, elle me pousse légèrement, mais fermement, de façon à ce que je me retrouve les fesses au bord de la table. Visiblement, c'est elle qui prend les choses en main, honorant ainsi, en quelque sorte, sa promesse.

Elle commence un lent effeuillage qui me fascine, comme une danse au ralenti d'une sensualité affolante. Je sens qu'Izzie n'a pas fini de me subjuguer.

— Avec toi je me sens pousser des ailes. J'ose ce que je n'ai fait avec personne d'autre. Tu es le premier.

Elle n'a jamais été aussi loin, et je me lance aussi en libérant ces mots que je n'ai encore jamais dits.

— La femme que j'attends depuis toujours,

c'est toi.
Dans ses yeux qui se mouillent de larmes de bonheur, je vois combien elle est bouleversée.
Je l'attrape par les hanches, elle gémit et prend ma tête dans ses mains pour me glisser entre ses seins. C'est l'embrasement. Tandis que j'enroule ma langue impatiente autour de ses tétons durcis qui se dressent vers moi, elle me repousse pour s'agenouiller entre mes jambes.
Oh my god !!!! Elle fait glisser mon jean et mon boxer et commence une danse lascive avec sa langue autour de ma queue brûlante de désir. *Si ça continue, je vais exploser dans sa bouche, mais non, retiens-toi, que ça dure toute la nuit.*
Comme si elle m'avait entendu penser à voix haute, elle se redresse et me ferme la bouche de ses lèvres souples et fondantes d'humidité. Puis, elle m'enveloppe d'un préservatif avant de me basculer sur la table, où elle vient me chevaucher pour s'empaler sur mon sexe qui n'attend que ça.

Je ne peux pas m'empêcher de penser à Jack Nicholson renversant Jessica Lange sur la table de la cuisine dans *Le facteur sonne toujours deux fois*[*1].
Sauf que dans notre film à nous, aussi torride, les rôles sont inversés.
C'est elle qui me domine avec délectation dans une baise sauvage débridée et un raffinement de sensualité, jusqu'au feu d'artifice final qui nous emporte ensemble au pays des merveilles.

Et ce n'est pas qu'une image ! J'ai vu un arc-en-ciel crépiter devant mes yeux éblouis. Jusque-là, je ne savais pas que l'orgasme pouvait se déployer en mille couleurs.

Après, malgré la dureté de la table, nous sommes restés dans les bras l'un de l'autre. Izzie a bougé la première en marmonnant qu'elle avait une crampe à la jambe. Nous nous sommes redressés, un peu étourdis, un peu titubants, et elle s'est blottie dans mes bras.
— Je veux dormir avec toi.
— Je ne veux plus jamais te laisser, Izzie. Je t'emmène chez moi.
—Non… je ne préfère pas retourner au chalet.
Je pensais que toi tu pouvais venir.
Je prends son visage entre mes mains et embrasse le bout de son nez.
— Vos désirs sont des ordres, ma lutine.

Juste avant de quitter le *Cottage Café*, me revient l'allusion de June.
— Au fait c'était quoi cette histoire de case du jour ?

Izzie tourne les talons et va vite chercher, derrière le comptoir, le calendrier de l'Avent dont je découvre, les figures du Kama Sutra sur les cases déjà ouvertes.
— Et la case du jour est… roulement de tambour…
Derrière la petite fenêtre qu'elle ouvre, apparaît le

dessin de la « brouette thaïlandaise*2 » avec sa légende : « Épatez votre partenaire ! ».
— Ou, ajoute Izzie, remportez la médaille d'or aux JO du cul !
Un fou rire nous saisit et je me dis qu'en tout cas, moi, j'ai gagné la plus belle des récompenses.

*1 Film de Bob Rafelson (1981)
*2 Allez voir sur internet à quoi ça ressemble, ça vaut le détour...

43
IZZIE

21 décembre

    Depuis le jour du sapin, nous avons dormi ensemble (et baiser et encore baiser, s'il est besoin de le préciser) toutes les nuits. Dimanche, lundi, mardi et mercredi. Quatre nuits d'amour merveilleuses.

Chaque matin, avant l'aube, Aidan se lève tellement silencieusement que je ne l'entends pas partir. Il profite de la belle lumière pour tourner au lever du soleil les dernières séquences de son film.
Quand j'ouvre les yeux, un doux message de mon amoureux m'attend et m'aide à commencer la journée avec un sourire aux lèvres. Et, il faut bien l'avouer, un énorme bâillement. Car vu le peu d'heures que nous dormons, je ne sais pas comment je tiens. Heureusement, notre histoire me procure une énergie débordante. Chaque seconde est précieuse et, comme dit sagement Aidan, on dormira quand on sera vieux. J'adore l'entendre dire ça. Immédiatement, mon côté sentimental imagine que nous vieillirons ensemble.
Est-ce que c'est possible ou je prends encore mes rêves pour des réalités ?

La semaine est en train de passer à une vitesse folle. Le temps file trop vite lorsqu'on est heureux.

Malheureusement, quand je pense que le compte à rebours avant samedi, jour du départ d'Aidan pour l'Écosse, c'est J-2, c'est-à-dire après-demain, je n'arrive pas y croire. C'est horrible, on est déjà jeudi soir...

Maintenant que je travaille avec elle, June rentre plus tôt. Et tant mieux, vu le sale boulot qu'il y a à faire. Aujourd'hui, je ne sais pas pourquoi, les enfants se sont déchaînés avec les goûters et en ont mis partout.
Stimulée par ma super playlist « Garde la pêche », entre Lana Del Rey, Harry Styles et Billie Eilish, je me retrouve en tablier de Noël dégueulasse, les cheveux relevés avec des mèches qui me tombent dans les yeux, à genoux en train de frotter le sol, les mains dans des gants en latex vert pomme.
What a style* !
Ça tombe bien que personne ne me voit comme ça, surtout pas mon bel écossais. Il est en réunion avec son régisseur, pour la fête de fin de tournage qui aura lieu demain à l'hôtel de Sam, et ne passe pas me chercher contrairement à ces trois derniers soirs.
Alors que je suis en train d'essorer la serpillière dégoulinante de chocolat au lait et pleine de miettes de gâteau, Beyoncé s'excite sur mon téléphone.
Alma a choisi comme sonnerie la fameuse chanson *Who runs the world ? Girls,* qui correspond parfaitement à ma féministe préférée, mon amie de cœur.

*Quel style !

Je retire un gant pour cliquer sur mon téléphone. Manque de bol, évidemment, c'est un *FaceTime*, je ne vais pas y échapper. Et en effet, Alma apparaît en poussant un cri d'épouvante :

— Aaaaaaaah !!!! C'est quoi cette tenue de misérable ? T'es déguisée en Cosette !?

C'est vrai que devant la vision toujours super canon du sosie de Marylin en brune, je fais tache.

— Eh oui ! Ça fait partie du bonheur de tenir le *Cottage Café*. Tout doit être nickel jusqu'au lendemain et ainsi de suite tous les jours, vaut mieux pas faire ça en robe de bal.

— Du moment que tu es heureuse, je le suis pour toi, Cendrillon.

— Tu ne crois pas si bien dire, le soir je me transforme en princesse des mille et une nuits, enfin... des mille et une baises.

Alma émet un long sifflement épaté.

— Ah ouais... je me disais bien aussi que tu devais avoir une bonne raison d'être en mode « portée disparue ». Moi, j'en suis restée à l'odieux crousticroc des montagnes qui t'agaçait superbement, mais qui te faisait en même temps fantasmer comme une malade.

— Oui, je sais, tu as raté les deux dernières saisons de ma série de Noël. Mais là, mon chou, désolée, je ne peux pas trop te parler... j'ai rendez-vous pour dîner à la maison avec mon homme.

— Ton homme !!! J'y crois pas ! Ça y est, elle est déjà passée en mode couple.

— Malheureusement pas pour longtemps, alors j'en profite.

— Je ne comprends rien, il va vraiment falloir que tu reprennes l'histoire depuis le début.

— Patience, je te raconterai tout. Ou alors… tu découvriras les moindres détails quand tu liras ce que j'ai écrit ! Je te préviens, c'est *spicy*.

— Yihaaaaaa ! Le miracle de Noël est arrivé !

— Tu ne crois pas si bien dire. *It's magic* ! Et toi, mon chou ? Quoi de neuf ?

— Ni chatte, ni queue à l'horizon, juste boulot, projo, dodo, c'est ok pour moi. Et puis, j'ai Maurice.

Celui-là, il nous fait toujours hurler de rire.

— Ah, heureusement qu'il est là ce bon vieux Maurice, dis-je en pouffant alors qu'Alma s'éclipse.

Elle revient en soutif/string, dansant sur *Womanizer* de Britney Spears, à fond les ballons.

— Maurice, dis bonjour à tata Izzie !

Je pleure de rire tandis que, l'air gourmand, en roulant sa langue sur ses lèvres, elle agite devant l'écran son *sextoy,* « Maurice ».

— Et, dis-lui, qu'avant d'aller passer les fêtes en famille à Paris, on vient demain, à la montagne, lui faire un gros *hug*[1].

Cette fois, c'est moi qui fais la danse de la joie, trop contente de retrouver ma *bestie*[2], en vrai.

[1] Câlin
[2] Meilleure amie.

44
AIDAN

22 décembre

— Coupeeeez !!!!! C'était le dernier plan du film de Aidan Naesmith.
Applaudissements, félicitations, sifflements et bravos fusent et l'équipe s'embrasse, c'est la tradition.

Grâce à Izzie, j'ai pu tourner une superbe séquence au « voile de la mariée », *notre* cascade givrée. Voilà, c'est fini, et c'est toujours comme ça, à la fois une joie d'avoir réussi (surtout là, après les déboires de la caméra foutue, par ma faute…) et aussi un peu de tristesse, en particulier sur ce film si emblématique de mon histoire avec Izzie.
Car l'échéance que je redoutais est arrivée : demain, je quitte Montriond.
Qui sait quand je reverrai ma petite lutine…
À peine j'ai pensé ça, surprise ! Elle est là, devant moi, et mon cœur fait un bond. Je n'ai qu'une envie, la serrer dans mes bras et l'embrasser jusqu'à plus soif. Mais elle n'est pas seule. Izzie me présente Alma, qui vient juste d'arriver pour le week-end. Dans un grand sourire, celle-ci me claque la bise en me glissant discrètement au passage :

— Si tu fais du mal à ma meilleure pote, je te défonce.

Au moins, c'est clair, les présentations sont faites !

*

À l'occasion de la fête de fin de tournage, Sam a privatisé le petit salon de l'hôtel. Avec Andrew, mon régisseur, ils ont concocté un super buffet savoyard. Tout le monde est là.

À commencer par Victoria (encore ma productrice jusqu'à la sortie du film) ; notre graphiste, mon pote Matt, venu exprès (enfin à mon avis surtout pour passer la nuit avec Lou qu'il ne quitte plus depuis son arrivée) ; les amis de Montriond qui m'ont supporté et accompagné pendant toutes ces semaines ont été évidemment invités : June et William bien sûr, Yvonne et Pierrot de la patinoire, Charlotte et Marguerite, les jumelles, et même le Père Noel, sans tréma, de la sapinière.

Izzie n'est pas encore arrivée et sans elle la fête ne peut pas être une fête pour moi.

Je suis devenu complètement gaga, ma parole, à peine si je me reconnais.

Décidemment, on doit vraiment être reliés par un fil magique, car il suffit qu'Izzie me manque pour qu'elle se matérialise ! Enfin... une fée en tulle rouge vient d'apparaître. Divine. Elle est suivie de son inénarrable Alma, en cuissardes à talons aiguilles, enfilées sur un jean noir.

Près de moi, Victoria, qui offre cette soirée, se dirige aussitôt vers les deux filles. Je lui emboîte le pas, je ne voudrais pas qu'Izzie se sente mal à l'aise. Contre toute attente, elle les accueille, très professionnellement et chaleureusement, avec deux coupes de champagne.

— Vous êtes splendides. Bonsoir Izzie. Alma, tu es canon.

Izzie reste sans voix, le regard écarquillé.

— Tu ne me reconnais pas ?

— … Victoria…

— Oui, je sais, j'ai un peu changé depuis la dernière fois.

— Un peu ? Euh… c'est une métamorphose.

— Pas celle de Kafka, j'espère.

— Ah, non, pas du tout, sourit Izzie, avec étonnement. Vous êtes…

— Tu peux me tutoyer, enfin, si tu veux.

— … Tu es… superbe.

— Tu veux dire mieux qu'avant ?

Elles échangent un petit rire de connivence.

Incroyable, tout arrive !

Il faut dire qu'avec sa coupe de cheveux courte, auburn, son tailleur pantalon, sobre, et sa culture littéraire qu'elle nous avait bien cachée, Victoria n'est plus du tout la même.

— Mais tu étais comment avant ? lâche Alma, avec un franc-parler qui lui semble constitutionnel.

Je ne comprends rien, elles ont l'air de se connaître.

— Peut-être que, « avant », tu n'aurais pas voulu prendre le taxi avec moi.

Ah, je comprends mieux, elles se sont donc rencontrées à l'aéroport. C'est sûr qu'en une heure et demi de route, elles ont eu le temps de faire connaissance.

Alma lève alors son verre et porte un toast.

— Au changement de vie !

*

La fête bat son plein. Nous dansons tous comme des fous sur *Happy* de Pharrell Williams. Lou et Matt se grimpent à moitié dessus en se bouffant la bouche. Pourtant, c'est un autre couple qui se détache du lot en se tournant autour, ondulant comme dans une parade sexuelle animale, collé, serré.

— Si je m'attendais à ça…

— Y'a pas à dire, c'est le soir des surprises ! vient nous crier Sam dans les oreilles, en passant rapidement.

— Concernant Alma, me précise Izzie, je ne suis pas sur le cul, elle aime la diversité. Mais, par contre, Victoria, alors là…

Tout à coup, Izzie s'interrompt en se figeant.

— Ça va, Izzie ?

Son visage s'est décomposé, comme si elle avait vu un revenant. Suivant son regard, je me tourne vers la porte du salon, grande ouverte.

Un inconnu se tient là, l'air très sûr de lui. Le genre dandy anglais, blond, en costume gris très élégant. Derrière ses lunettes à montures noires, il fixe Izzie, intensément, avec un air de propriétaire…

C'est quoi cette embrouille ?

Sans rien me dire, elle s'éloigne de moi pour aller vers lui d'un pas déterminé. Mon cœur se glace.

45
IZZIE

22 décembre

— Qu'est-ce que tu fais là ? Et à cette heure-ci, en plus ?

— Si mon avion n'avait pas été annulé, ce qui m'a obligé à prendre le suivant, je serai arrivé à une heure décente et je t'aurais invité à dîner...

— Je t'arrête tout de suite, Lawrence. Je crois que tu n'as pas compris le sens de mon dernier message. Non, c'est non, et en plus j'ai précisé : définitivement.

— J'ai parfaitement compris, Izzie. Mais il fallait absolument que je te parle ce soir, car je reprends l'avion demain matin. Je suis venu exprès.

— Ça aurait été plus simple de m'envoyer un mail.

— Avec tout ce bruit, on peut peut-être s'éloigner, on s'entend mal.

Malgré le brouhaha et la musique à fond la caisse, je lui réponds, imperturbable.

— Non, je ne préfère pas.

— Tu te méfies toujours ?

— De toi, Lawrence, oui.

— Ça tombe bien, ce n'est pas « moi, Lawrence » qui vient te voir « toi, Izzie ». Dans la vie, je suis peut-être un connard doublé d'un salaud pas fréquentable, comme tu l'écris si bien, mais je suis un bon éditeur. Et je me déplace toujours pour rencontrer mes auteurs, surtout la première fois. Enchanté, Julia S. Grant, Lawrence Grine Publishing.

Sous le choc, machinalement, je lui serre « mollement » la main « professionnelle » qu'il me tend. Je voudrais dire quelque chose, mais j'ai comme un canari coincé dans le gosier.

— C'est en lisant dans ton manuscrit, ou plutôt ton tapuscrit, les passages concernant un certain « Lawrence », que j'ai deviné qui se cachait derrière le pseudo de Julia. En même temps, tu ne me l'as pas envoyé par hasard... le personnage détestable que tu décris m'a sauté aux yeux comme une bombe lacrymogène. J'avoue que ce n'était pas très agréable. Mais ça doit être en partie vrai puisque c'est comme ça que tu l'as ressenti.

Mon cerveau ne répond plus. Il n'y a que de la compote là-dedans.

— Attends... c'est une blague. Non seulement tu fais amende honorable, mais en plus tu dis que tu veux me publier ! Où est le piège ? C'est une caméra cachée, c'est ça ?

Il a un petit sourire qui se veut rassurant.

— Ne t'inquiète pas, je suis très sérieux. Il n'y

a aucun loup. Et, oui, je vais te publier.

— … Je ne sais plus quoi dire, là.

— Dis-moi juste que tu vas signer le contrat que je t'ai apporté. Et puis, promis, je file à mon hôtel à Morzine, je ne t'embêterai plus.

Je reste interloquée. Et puis, je craque. La tête dans les mains, je me mets à pleurer, d'abord doucement, puis les sanglots me secouent.

— Moi qui croyais t'annoncer une bonne nouvelle…

C'est alors que je sens une main se poser sur mon épaule, et la voix inquiète d'Aidan me parvient :

— Izzie, qu'est-ce qui se passe ? Pourquoi tu pleures ?

Je relève la tête, presque en riant à travers mes larmes que j'essuie du bout des doigts.

— Tout va bien, Aidan, je pleure de joie. Je te présente… Lawrence… mon éditeur, dis-je en reniflant.

Je vois qu'Aidan hésite entre le lard et le cochon. Néanmoins, les deux hommes échangent une brève poignée de main.

— Si je ne m'abuse, vous devez être le personnage masculin le plus chanceux de *Sexy Snowy Christmas*… D'ailleurs, Julia, je pense qu'on pourrait, éventuellement, changer le prénom de Lawrence, enfin… si vous n'y voyez pas d'inconvénient majeur en tant qu'autrice.

46
AIDAN

22 décembre

Tant que la fête battait son plein, je n'y ai pas pensé, profitant notamment d'être une dernière fois avec les amis de Montriond. Mais maintenant qu'on se retrouve seuls, sur le chemin du retour au chalet de June, je ne peux pas m'empêcher de revoir la tête d'Izzie quand Lawrence a fait son entrée en scène : la tête d'une femme qui voit ressurgir le fantôme d'un amant.

— Lawrence, ce n'était pas que ton éditeur... je me trompe ?

— Oui et non. Jusqu'à ce soir, il n'était pas mon éditeur, répond-elle, amusée de se moquer gentiment de moi, comme si ça n'avait aucune importance.

Elle a raison, ça n'a sûrement pas d'importance, car comme elle me l'a déjà dit, on a tous un passé et c'est le présent qui est important.

Oui, c'est vrai, mais...

— Il était juste ton mec ?

— Et maintenant, c'est mon ex. Dis donc, Naesmith, tu ne serais pas un peu jaloux ?

— Pas du tout, Bildman, qu'est-ce que tu vas t'imaginer ? dis-je en rigolant.

Enfin... je rigole à demi.

Ok, oui, j'admets, ça me fait quelque chose d'imaginer Izzie dans d'autres bras... avant moi. Ce genre de pensée ne m'avait jamais effleuré... avant elle.

— En réalité, poursuit-elle, c'était plutôt une histoire à laquelle j'ai voulu croire, mais qui n'existait pas.

— Heureusement, sinon on ne serait pas là tous les deux.

— Oui, heureusement, me répond-elle en écho.

Elle fait gracieusement volte-face pour se retrouver dans mes bras.

— Tu vas me manquer, Aidan.

— Toi aussi, Izzie, tu vas me manquer.

Nous entrons dans le jardin de June. Tout drapé de blanc, il scintille dans la clarté lunaire. Je retiens ma belle lutine par le poignet.

— Attends !

— Quoi ?

— Je voudrais faire une dernière fois... tu sais, ton truc radical pour se détendre.

— L'ange ? Pourquoi, t'es tendu ?

— Disons que j'ai un peu de mal à réaliser que demain je serai en Écosse.

Comme si elle s'évanouissait en entendant ces mots, elle s'affale au sol, bras écartés qu'elle fait aller et venir dans la neige pour esquisser l'empreinte des ailes. C'est exactement ce qu'elle a fait le soir où tout a vraiment commencé.

C'était seulement il y a deux semaines et pourtant j'ai l'impression que je l'ai dans la peau depuis bien plus longtemps.

Je me laisse tomber à mon tour pour faire comme elle, mais avec les jambes. *À nous deux, je crois que nous dessinons l'ange parfait sous le ciel épinglé d'étoiles.*

> — Dommage qu'il n'y ait pas d'étoiles filantes, j'aurais aimé faire un vœu.
> — On n'a qu'à inventer un truc nouveau, rien qu'à nous : un vœu sous la pleine lune, suggère Izzie.
> — Un vœu sous la pleine lune… joli titre.
> — Peut-être pour la suite de ma romance, qui sait…
> — En tout cas, c'est formidable que tu sois publiée, j'ai hâte de lire.

Nous échangeons un sourire – oserais-je le dire –, un sourire plein d'amour.

> — Alors, on les fait ces vœux ? chuchote Izzie en entrelaçant ses doigts aux miens.

Dans le faisceau mystérieux de la pleine lune qui nous éclaire comme un projecteur, nous restons un instant silencieux, concentrés sur nos vœux secrets, nous tenant fort par la main, jusqu'au moment où je sens celle d'Izzie glisser, tandis qu'elle se relève. Je l'imite.

> — Tu as froid ?
> — Un peu, dit-elle en frissonnant.

C'est alors qu'elle referme mon poing sur quelque chose de très doux que je n'identifie pas.

— Qu'est-ce que c'est ?

— Regarde.

Au creux de ma main, je découvre la petite chouette en plumes qu'elle a dû décrocher de son porte-clefs.

— Chaque fois que tu la caresseras – n'oublie pas, avec la main du cœur – tu penseras à moi, quand tu seras à Inverness, à l'autre bout du monde !

Quel est l'idiot insensible qui a dit qu'un homme ne devait pas pleurer ? Je sens poindre une larme.

— J'espère, Izzie, de tout mon cœur, que ce n'est qu'un au revoir, comme dit la chanson.

Sans réfléchir, je commence à chanter doucement.

— *For auld lang syne, Izzie,*
For auld lang syne
We'll take a cup o'kindness yet
For auld lang syne... *

Les yeux noyés de larmes, la voix vibrante d'émotion, Izzie reprend la célèbre ligne du refrain dont elle a évidemment reconnu l'air.

— Ce n'est qu'un au revoir, Aidan, ce n'est qu'un au revoir…

---

* Cette chanson qu'on chante dans le monde entier vient d'une ancienne balade écossaise qui a plus de trois siècles.

Faut-il nous quitter sans espoir,
Sans espoir de retour,
Gardons l'espoir de nous revoir,
De nous revoir un jour

Refrain:

Disons-nous au revoir ce soir
Ce n'est qu'un au revoir
Oui, nous nous reverrons un jour
Ce n'est qu'un au revoir
En rêvant de beaux lendemains
Au déclin de ce jour,
Formons en nous prenant la main
Une chaîne d'amour.
Unis par cette douce chaîne
Autour d'un même feu
Unis par cette douce chaîne
Ne faisons point d'adieu.
Car l'idéal qui nous rassemble
Vivra dans l'avenir
Car l'idéal qui nous rassemble
Saura nous réunir.

47
IZZIE

Dimanche 24 décembre – Réveillon de Noël

    Hier matin, quand j'ai ouvert les yeux, Aidan n'était plus là. Nous n'avions pas fermé l'œil de la nuit, notre dernière nuit, toujours aussi incandescente, mais peut-être avec quelque chose en plus, comme un supplément d'âme.
Bah, Iz, pourquoi tu n'oses pas te le dire, un supplément d'amour, Izzie, d'A-MOUR !
À l'aube, avant de nous écrouler, emboîtés l'un dans l'autre, dans un même souffle nous nous sommes dit au revoir. Nous étions d'accord pour conserver l'image de nos corps enlacés, plutôt que celle de notre tristesse au moment réel du départ.
J'ai toujours détesté les séparations et je me suis retenue pour ne pas lui dire dix fois combien je l'aimais. D'ailleurs, je ne lui ai même pas dit une seule fois… et lui non plus. C'est peut-être mieux comme ça.
Malgré mon vœu, comment savoir si cette histoire a un avenir… On ne sait même pas quand est-ce qu'on va se revoir.
On en a parlé et d'un commun accord, on s'est dit qu'on laissait les choses se faire naturellement, sans faire de plans sur la comète, et qu'on verrait bien.
Bref, tout ça pour dire qu'hier matin, je n'en menais

pas large.

Heureusement, Alma est revenue de sa folle nuit avec Victoria, jacuzzi et *tutti quanti* (Maurice y compris), et on a bien ri, ça m'a un peu changé les idées. Sur la place, au village de Noël, je lui ai montré sur le stand du photographe, parmi toutes les photos affichées depuis le 3 décembre, notre photo avec la petite Saralou, Aidan en Père Noël et moi sa lutine. Aujourd'hui, Alma aussi est repartie dans sa famille. Et je me sens toute bizarre.

*

Aidan et moi, on n'a pas arrêté de s'écrire. J'ai compté le nombre de messages et il y en a plus que les boules sur le sapin du *Cottage Café* + le sapin de chez June réunis, ce qui fait jusqu'à maintenant soixante-dix-huit messages en trente-six heures ! *Si ce n'est pas de l'amour fou...* À peine arrivé à Inverness, il a eu une réunion avec le monteur de son film, il a retrouvé ses amis avec Matt au pub de leur pote Jamie, et en rentrant – incroyable mais vrai ! – il a même regardé *Love Actually* qu'il n'avait jamais vu. « Une façon d'être relié à toi avec ce film de Noël que tu aimes tant », m'a-t-il écrit mot pour mot.

— Youhou, *Christmas loveuse*, t'es avec nous ? me pousse Lou du coude.

Elle fredonne de concert avec le CD de Sam Cooke qui est justement en train de chanter *Bring it on home to me*.

Retour au moment présent, c'est Noël, le feu crépite joyeusement dans le poêle, la chienne Loupiotte ronfle devant, il y a des bougies allumées partout, c'est mon moment préféré de l'année, même si mon cœur est un peu… beaucoup en Écosse. Lui aussi doit être en train de fêter Noël, là-bas.

Comme si nous étions leurs invités, June et William, déposent sur la table, en grande pompe, le plat de résistance.
> — L'oie rôtie aux airelles de June, accompagnée de son chou rouge aux lardons et raisins secs de William, annoncent-ils en chœur et la bouche en cœur.

Lou applaudit comme une enfant ravie.
> — C'est magnifique et ça sent divinement bon, mon p'tit poussin, bravo à vous deux. On va faire une photo pour papa et maman, comme ça ils verront ce qu'ils ratent et aussi ton oeuvre, dis-je en désignant mon pull où un Père Noël et sa lutine posent fièrement…

La main de June aux veines bleues apparentes prend la mienne et y dépose un petit bisou.
> — Bonne idée ma chérie.
> — Il y en a qui ont de la chance d'avoir leur amoureux pour le réveillon, ajoute Lou en m'adressant un clin d'œil, attendrie devant nos grands-parents.
> — Ça vous arrivera un jour, mes petites chéries, prophétise William. Il faut avoir confiance en la vie. Regardez-nous, on n'est

pas un bel exemple de l'amour ?

— J'espère que ça nous arrivera avant, dis-je en souriant.

Les jumelles, Charlotte et Marguerite, nous ont rejoints pour le dessert qu'elles ont confectionné : une salade d'oranges et dattes à la cannelle, arrosée de Grand-Marnier qu'on va flamber. William est justement en train de craquer l'allumette, quand ça toc-toc à la fenêtre de la cuisine.

— Ah, voilà Sam, s'exclame Lou.

— Pile poil pour la flambée, chantonnent les jumelles, tandis que la flamme or et bleue s'élève des oranges.

— J'y vais, dis-je en me levant.

Comme chaque année, Sam finit toujours trop tard à l'hôtel le 24 pour descendre dans la vallée dans sa famille et nous retrouve pour la traditionnelle coupe de champagne de minuit qu'il apporte. Chez nous, on a l'habitude de ne jamais laisser quelqu'un seul ce soir-là.

J'ouvre la porte. Il neige doucement.

— Joyeux Noël, ma poulette, dit Sam en me claquant la bise.

— Viens vite, on gèle.

Sam entre. Je m'apprête à refermer la porte derrière lui, lorsque j'entends les premières notes d'un carillon que je connais par cœur : *All I want for Christmas is you* de Mariah Carey s'élève du jardin ?? *Ou c'est moi qui ai des hallucinations auditives ?*

J'attrape mon manteau, mon écharpe et m'avance sur le seuil.

De l'obscurité se détache une silhouette sombre, le visage caché par une pancarte blanche où je discerne en lettres rouges, sidérée :

À NOËL ON DIT LA VERITÉ

Les yeux écarquillés, je découvre le visage d'Aidan, bonnet rouge et barbe blanche. Il enlève la pancarte et derrière s'en cache une autre, comme dans *Love Actually*.

J'AI OUBLIÉ DE TE DIRE QUELQUE CHOSE

Je ne contrôle plus les battements fous de mon cœur qui résonnent dans ma poitrine. *C'est bien lui, là, devant moi ? C'est pas possible.*
Une troisième pancarte apparaît.

J'AI PRÉFÉRÉ TE LE DIRE EN VRAI

J'ai l'impression de sourire béatement devant mon Père Noël malicieux, délicieux, merveilleux qui me montre la quatrième pancarte à laquelle je ne comprends rien.

THA GAOL AGAM ORT

Dernière pancarte…

ÇA VEUT DIRE JE T'AIME

Il n'y a que dans mes désirs les plus fous que j'ai osé imaginer un tel cadeau, imprévisible et tellement exceptionnel. Aidan n'a pas tenu plus de vingt-quatre heures et il m'est revenu ! J'en connais qui rêvent de bague en diamant, mais pour moi cette déclaration en forme de film romantique, qui plus est mon préféré, vaut bien plus que tous les diamants et l'or du monde et me bouleverse.

Soudain, Aidan retire sa fausse barbe qu'il envoie valser dans la neige, me dévoilant enfin sa bouche que j'adore, ses lèvres si sensuelles et son sourire radieux qui m'éblouit de joie. Nos regards sont comme envoûtés l'un par l'autre, si puissamment qu'une chaleur inouïe m'envahit. Alors, dans un même mouvement, nous nous élançons et je me jette dans ses bras qui m'enveloppent de toute leur force vitale, comme si plus rien ne pouvait jamais nous séparer. Les mots que je meurs d'envie de lui dire depuis des jours et des nuits s'envolent enfin de mes lèvres pour s'unir à son cœur :

— Je t'aime

Nos lèvres s'épousent finalement dans un baiser fondant et profond, sous les flocons de neige qui dansent autour de nous dans un joyeux tourbillon. C'est comme si, par miracle, nous étions libérés du passé et qu'une nouvelle vie tournée vers l'avenir s'offrait à nous...

48
ÉPILOGUE

6 mois plus tard – 7 Juillet.

Izzie se regarde une dernière fois dans le miroir. Elle vérifie que tout est bien en place. La robe, la coiffure, la couronne de marguerites, le petit bouquet de roses blanches. Elle sourit à son reflet et prend une grande inspiration.
— Prête ?
— Prête.

*

Sur le seuil de la maison, Izzie est apparue, très émue, donnant le bras à une June rayonnante et pas moins émue. Dans l'allée du jardin où tous les amis et les parents étaient présents, elles se sont avancées jusqu'à l'arche piquée de guirlandes de fleurs des champs, installée spécialement pour la cérémonie laïque.

Beaux et fiers comme des princes, leurs hommes les attendaient, les yeux brillants. William a fait un délicat baise-main à June, tandis qu'Aidan glissait un baiser dans le cou d'Izzie. Ils ont rejoint leurs places de témoins de chaque côté des mariés, radieux : ce n'est pas tous les jours qu'on s'unit pour la vie à 80 ans et des poussières de soleil, parce que ce jour-là, le soleil brillait haut et fort pour célébrer le triomphe de l'amour défiant le temps.

*

Pendant ces six mois Izzie n'a pas chômé entre le *Cottage Café* et la rédaction de son deuxième livre. Sa romance de Noël, éditée en français et en anglais, ayant rencontré un succès inespéré, elle a dû par moments s'absenter de Montriond pour faire la tournée des librairies et des séances de dédicaces, allant même jusqu'à Inverness ce qui les arrangeait bien, Aidan et elle.

De son côté, Aidan, après être resté avec Izzie à Montriond jusqu'au nouvel an, a fini par rentrer travailler en Écosse. Depuis, il a décroché le prix du meilleur documentaire pour son film au festival d'Aix-les-Bains et prépare le suivant qu'il tournera dans les Dolomites. Le père de Victoria, malgré la démission de sa fille, a tout de même poursuivi la co-production de la série.

Victoria a laissé tomber ses parures Hermès pour un tablier chez Hermé où elle est en formation intensive de pâtissière. C'est d'ailleurs elle qui a fait la pièce montée du mariage de June et William, sur place, ici même. Alma la rejoint à Paris dès qu'elle peut. C'est une histoire qui roule.

Contrairement à Matt qui, à contre-coeur, a mis un

terme à son coup de foudre avec Lou. Il trouvait trop compliqué et frustrant d'avoir son amoureuse en France d'autant plus qu'elle, avec sa revendication d'indépendance, une histoire intermittente lui allait très bien. Ce qui ne les a pas empêchés de se sauter dessus à peine Matt était-il arrivé pour le mariage.

Sam est toujours aussi débordé à l'hôtel et continue à s'amuser sur les sites de rencontres. Rien ne l'arrête, la preuve, il a récemment fait la connaissance de Sidonie, une très jolie transsexuelle. Affaire à suivre.

Quant à nos deux héros, ils se débrouillent comme ils peuvent pour se retrouver ici ou là le plus souvent possible. Pas évident pour des amoureux. Mais, leur amour étant plus fort que tout, ils ont quelques idées pour que ça change…

— Ma lutine, que penserais-tu si on ouvrait un *Cottage Café* numéro 2 à Inverness ?
— On… tu veux dire qu'on le tiendrait ensemble ?
— Oui, entre deux films, entre deux livres.
— Et June, tu y as pensé ?
— Évidemment ! On pourrait proposer à Victoria de reprendre le *Cottage Café* d'ici, à ta place.
— Si on m'avait dit ça l'année dernière… !
— Toujours se laisser surprendre par la vie, Bildman.

— C'est une idée complètement folle et géniale, Naesmith, j'adore, mais...

Izzie regarde l'homme qu'elle aime, le cœur battant, avant de poursuivre :

— Moi aussi j'ai quelque chose à te dire, enfin, plutôt à t'annoncer... et c'est un tout petit peu plus qu'une idée...

FIN

PLAYLIST

Sexy Snowy Christmas

Let it snow : Michael Bublé
Since we've no place to go : Michael Bublé
It's the most wonderful time of the year : Michael Bublé
Save your tears for another day : The Week End
It's beginning to look a lot like Christmas : Michael Bublé
Dance the night : Dua Lipa
Concerto n°21: Mozart
La petite musique de nuit : Mozart
White Christmas : The Supremes
Radio : Lana Del Rey
What was I made for : Billie Eilish
As it was : Harry Styles
Who runs the world ? Girls : Beyoncé
Womanizer : Britney Spears
Happy : Pharrell Williams
Bring it on home to me : Sam Cooke
All I want for Christmas is you : Mariah Carey

*Auld Lang Syne (« ce n'est qu'un au revoir » en écossais)

BONUS :
Découvrez l'album qui m'a accompagnée tout au long de ces mois d'écriture.
Merci aux artistes !
FØR : « Tender Seas »

RECETTES

Sexy Snowy Christmas

Les brookies
Les cookies
Le maacchiato caramel
Le chocolat chaud chantilly
Le vin chaud
La soupe potimarron/ châtaignes
La croziflette
Le *haggis* écossais
Le jus de gingembre citronné vitaminé
Les maisons en pain d'épices
Le carrot cake
Le cake au citron
Les sablés de Noël
Le grog *hot toddy*
La tarte aux myrtilles
La poule au pot
La tarte noix de pécan et sirop d'érable
L'oie rôtie aux airelles
Le chou rouge aux lardons et raisins secs
La salade d'oranges aux dattes/cannelle

Pour réaliser toutes les délicieuses spécialités de l'histoire, notamment du *Cottage Café*, je vous invite à aller sur les meilleurs sites de cuisine en ligne, découvrir ces recettes que je ne saurais pas mieux vous décrire.

Toutefois, je peux vous livrer mon secret pour qu'elles soient encore plus savoureuses.
Ajoutez toujours une pincée de joie, saupoudrez de paillettes de bonheur, arrosez de rires, et enrobez dans beaucoup d'amour….

Julia

REMERCIEMENTS

On dit souvent que caché derrière les nuages se trouve le soleil.
Ce livre en est clairement la preuve.

Comme une fleur de lotus qui pousse dans l'eau boueuse, d'évènements douloureux est née l'écriture de ces pages.
"Croire en ses rêves et ne jamais les abandonner", c'est clairement le cadeau de cette année de travail intensif. Aujourd'hui, avec une très grande émotion, je mets, fièrement, le point final à mon premier roman.

Je crois que le temps des remerciements a sonné.

Tout d'abord, merci à mon extraordinaire mari qui m'a permis d'avoir la liberté d'écrire et, sans qui, cette vie n'existerait pas. Je t'aime.
Merci à ma fantastique maman qui m'a offert son temps et m'a poussée, très loin dans l'écriture, hors de ma zone de confort. Merci d'avoir été la meilleure du monde. Merci à mon frère, mon père, ma marraine pour leur soutien indéfectible et un merci spécial tout doux à mon fils de cœur. Enfin, merci Mamie de m'avoir inspiré le personnage de June, je suis sûre que peu importe où tu es, fleur ou arbre, tu es fière de moi, mon p'tit poussin.
Vous êtes ma famille fabuleuse, je vous aime tellement…

À vous, mes lectrices et mes lecteurs, merci beaucoup. J'espère que vous avez pris autant de plaisir à plonger dans ma romance de Noël que j'en ai eu à l'imaginer, et que vous continuerez à lire mes histoires d'amour pendant longtemps.

Un grand merci à mes ami(e)s que j'adore, qui m'ont soutenue depuis le début : Maud, Jenn, Julie, Steph, Jess, Charlie, Pauline, Céline, Aurélie, Aude, Anne-Jo, Axou, Anne-Ma, Sonia, Sarah, Anna, Thomas, Édouard, Nico C,

Nico D, Claudine, Julia, Fleur, Toufik, Alexandrine... pardon pour celles et ceux que j'oublie.

Merci aussi à toute la communauté Fyctia et aux merveilleuses autrices, découvertes grâce à cette plateforme d'écriture, qui m'ont apporté leur aide précieuse et que je peux compter aujourd'hui parmi mes amies : ma chère Mira Perry, ma miraculeuse Nabemy, Cléclé, Petitemr.

Une pensée particulière pour celles qui n'ont pas hésité à me dire de foncer et qu'il pouvait y avoir de la place pour tout le monde. Je ne vous remercierai jamais assez : Alfreda Enwy, Lucile Jones, Ellie Bonnert, C.S Quill, Delinda Dane, Dahlia Blake, Mina Zadig, Solenne Morgan, Fanny D.L.

Je ne peux évidemment par finir ces remerciements sans citer Misslodudu, pour toute sa patience, sa bienveillance, son amitié et ces semaines dévouées en tant que béta-lectrice ; ainsi que ma belle amie, Cali Keys, qui m'a ouvert la voie de cet univers sans limite qu'est la romance *spicy*.

Pour conclure, un immense merci à mon éditeur, Nicolas Fontaine, qui m'a fait confiance et s'est lancé dans cette folle aventure avec moi. Je croise les doigts pour que ce ne soit que le début de notre belle collaboration.

Vive la vie et surtout vive l'Amour avec un grand A.
Ne cessez jamais d'y croire.

Love

xxx

Julia S. Grant

Manufactured by Amazon.ca
Bolton, ON